Hotzenplotz 3

Thienemann Verlag Stuttgart

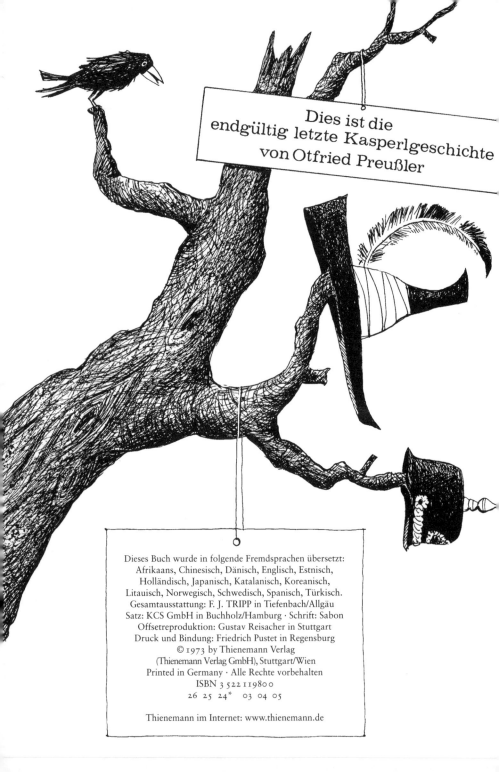

Dies ist die
endgültig letzte Kasperlgeschichte
von Otfried Preußler

Dieses Buch wurde in folgende Fremdsprachen übersetzt:
Afrikaans, Chinesisch, Dänisch, Englisch, Estnisch,
Holländisch, Japanisch, Katalanisch, Koreanisch,
Litauisch, Norwegisch, Schwedisch, Spanisch, Türkisch.
Gesamtausstattung: F. J. TRIPP in Tiefenbach/Allgäu
Satz: KCS GmbH in Buchholz/Hamburg · Schrift: Sabon
Offsetreproduktion: Gustav Reisacher in Stuttgart
Druck und Bindung: Friedrich Pustet in Regensburg
© 1973 by Thienemann Verlag
(Thienemann Verlag GmbH), Stuttgart/Wien
Printed in Germany · Alle Rechte vorbehalten
ISBN 3 522 11980 0
26 25 24* 03 04 05

Thienemann im Internet: www.thienemann.de

Dieses Buch widme ich
ALLEN
MÄDCHEN
UND
BUBEN,
die bei mir angefragt haben,
wie es mit
Kasperl, Seppel, Wasti und Hotzenplotz
weitergeht

Der Mann in den Gartenbüschen

Einmal ging Kasperls Großmutter mit dem Wäschekorb in den Garten, um hinter dem Haus ein paar Hemden und Handtücher auf die Leine zu hängen.

Es war ein schöner goldener Herbsttag. Die Astern blühten, die Sonnenblumen grüßten vom Zaun herüber, auf dem Komposthaufen in der Gartenecke reiften die Kürbisse: fünf große, neun mittlere und sechs kleine. Großmutter hatte sie eigens gezüchtet, nach einem Geheimrezept ihrer Schwiegertante. Die Kleinen sollten nach Aprikosen schmecken, die Großen nach Schokolade, die Mittleren außen nach Schlagsahne, innen nach Himbeereis.

Kasperl und Seppel machten sich nichts aus Kürbissen. Desto größer, so hoffte Großmutter, würde die Überraschung sein. „Wenn nur das Wetter noch ein paar Tage schön warm bliebe", dachte sie. „Das ist augenblicklich die Hauptsache."

Sie setzte den Korb mit den Hemden und Handtüchern auf dem Trockenplatz ab und wollte gerade beginnen die Wäscheschnur nachzuspannen, da machte es in den Büschen „pscht!" – und als Großmutter hinschaute, sah sie zwischen der Goldrute und dem Haselstrauch das Gesicht

eines Mannes auftauchen, den sie leider nur zu gut kannte: Schon zweimal war sie von diesem Strolch mit dem schwarzen Hut und der langen Feder beraubt und einmal sogar entführt worden.

„Diesmal", beschloss sie, „soll ihm das nicht gelingen!" Dann fasste sie sich ein Herz und fragte mit fester Stimme, die nur ganz wenig zitterte, aber das merkte vermutlich nur sie allein:

„Sind Sie schon wieder einmal in meinem Garten, Herr Hotzenplotz?"

„Wie Sie sehen."

Der Räuber nickte und wollte aus seinem Versteck hervorkommen. Großmutter griff nach dem Sack mit den Wäscheklammern.

„Keine Bewegung!", rief sie. „Sonst haue ich Ihnen den Klammersack um die Ohren, dass Sie in keinen Hut mehr hineinpassen – Hände hoch!"

Hotzenplotz konnte nicht ahnen, dass Großmutter neuerdings vor dem Einschlafen immer Räubergeschichten las. Vorsichtshalber nahm er die Hände hoch und versicherte, dass er nicht etwa in böser Absicht gekommen sei.

Großmutter schnitt ihm das Wort ab.

„Sparen Sie sich die dummen Ausreden!", fuhr sie ihn an. „Ich möchte bloß wissen, wie Sie es diesmal wieder geschafft haben – wo es doch heißt, das Kreisgefängnis sei absolut ausbruchsicher."

„Das ist es auch", sagte Hotzenplotz.

„Und wie kommen Sie dann hierher?"

„Ich bin heute früh wegen guter Führung entlassen worden – vorzeitig."

Großmutter meinte nicht recht zu hören.

„Sie können mir viel erzählen, Herr Hotzenplotz!"

Hotzenplotz legte drei Finger aufs Herz.

„Ich will auf der Stelle tot umfallen und die Masern kriegen, wenn ich Sie anlüge! Außerdem steht es auf meinem Entlassungsschein." Er zog aus der Westentasche ein Blatt Papier hervor. „Da – wenn Sie mir nicht glauben!"

Großmutter trat einen Schritt zurück, ihr war ein Gedanke gekommen. Hoffentlich schöpfte der Räuber keinen Verdacht.

„Ich kann das nicht lesen", sagte sie. „Dazu brauche ich meinen Zwicker."

„Was denn!", rief Hotzenplotz überrascht. „Sie tragen den Zwicker ja auf der Nase, hö-hö-hö!"

„Diesen da?" Großmutter war nicht verlegen um eine Antwort; sie staunte, wie gut das ging. „Dies ist mein Fernzwicker", sagte sie. „Damit kann ich nicht lesen. Zum Lesen brauche ich meinen Nahzwicker."

Sie tat einen Griff in die linke Schürzentasche, dann stutzte sie, griff in die rechte Tasche und stutzte wieder. Obzwar sie im Schwindeln nicht übermäßig geübt war, machte sie ihre Sache großartig.

„Es ist wirklich zu dumm mit den beiden Zwickern! Ständig lasse ich irgendwo einen liegen. Der Nahzwicker, glaube ich, liegt im Waschhaus – links hinten, neben dem Waschkessel auf dem Wandbord … Sie könnten nicht ausnahmsweise so nett sein, Herr Hotzenplotz, und ihn mir holen?"

„Aber natürlich, Großmutter!"

Hotzenplotz faltete das Papier zusammen und steckte es

ein. Dann ging er zum Waschhaus – und Großmutter schlich ihm nach.

Außer zwei winzigen Gitterfenstern aus Milchglas hatte das Waschhaus nur eine einzige Tür. Hotzenplotz wusste das nicht, doch Großmutter wusste es umso besser. Sobald er das Waschhaus betreten hatte, schlug sie die Tür zu und legte den Riegel vor. Dann drehte sie zweimal den Schlüssel im Schloss herum, zog ihn ab und verstaute ihn in der Schürzentasche.

„Den Rest mag die Polizei besorgen!"

Bisher hatte Kasperls Großmutter keine Zeit gehabt sich zu fürchten. Jetzt erst, wo Hotzenplotz in der Falle saß, bekam sie das große Zittern: Es wurde ihr abwechselnd heiß und kalt vor Angst, der Garten begann sich zu drehen. Sie spürte, wie ihr die Füße den Dienst versagten. Mit letzter Kraft schrie sie:

„Hilfe! Zu Hiiilfeee!"

Dann schloss sie die Augen und fiel in Ohnmacht.

Frau Schlotterbeck hat einen schlechten Tag

Kasperl und sein Freund Seppel waren in letzter Zeit oft bei der Witwe Schlotterbeck zu Besuch. Sie hatten ihr ja versprochen, dass sie sich etwas einfallen lassen wollten, um Wasti, dem Krokodilhund, wieder zu seinem früheren Aussehen zu verhelfen. Seither bewirtete sie Frau Schlotterbeck jedes Mal, wenn sie kamen, mit Tee und Wurstbrot.

Auch heute ließen sich Kasperl und Seppel den Tee und die Brote schmecken. Frau Schlotterbeck, die im Lehnstuhl neben dem Fenster saß, zog traurig an einer dicken schwarzen Zigarre. Wasti lag ihr zu Füßen, er ließ ein zufriedenes Knurren hören und wackelte mit dem Schwanz.

Ihn störte es wenig, dass er in jungen Jahren ein Langhaardackel gewesen war, bis ihn Frau Schlotterbeck eines Tages versehentlich in ein Krokodil verhext hatte. Umso mehr litt Frau Schlotterbeck unter diesem Missgeschick. Kasperl und Seppel kannten zwar die Geschichte längst auswendig; aber sie hörten auch diesmal wieder geduldig zu, als ihnen Frau Schlotterbeck alles noch einmal von vorn erzählte: wie es zu Wastis Verhexung gekommen war; wie sie auf jede erdenkliche Weise versucht hatte ihn zurückzuhexen – und wie ihr das nicht gelungen war.

„Zuletzt bin ich so verzweifelt gewesen, dass ich das Hexenbuch kurzerhand in den Ofen gesteckt und verbrannt habe", schloss sie. „Ich bin eine staatlich geprüfte Hellseherin, aber keine gelernte Hexe. Man soll im Berufsleben möglichst die Finger von Dingen lassen, von denen man nichts versteht."

„Trotzdem!", erwiderte Kasperl. „Hätten Sie doch das Buch nicht ins Feuer geworfen, sondern es Seppel und mir geschenkt!"

Frau Schlotterbeck schnäuzte sich in den Saum ihres Morgenrockes, den sie auch tagsüber stets zu tragen pflegte und fragte mit ihrer tiefen, verräucherten Stimme: „Euch beiden?"

„Dann hätten wir Wasti bestimmt schon helfen können! Aber verbrannt ist verbrannt – und nun müssen Sie eben leider Geduld haben."

Auf Großmutters Dachboden hingen zahlreiche Säckchen und Beutel herum: Die einen waren mit Kräutern und Wurzeln gefüllt, die anderen mit getrockneten Blättern und Rindenstücken – alles erprobte Mittel, die Großmutter anwandte, um die verschiedenartigsten Krankheiten zu kurieren.

„Vielleicht", hatten Kasperl und Seppel sich überlegt, „sind welche darunter, die zufällig gegen Verhexung helfen, wie andere gegen Bauchweh und Schüttelfrost ..."

Ihrer Ansicht nach konnte es Wasti nicht schaden, wenn sie ihn einer Kräuter- und Wurzelkur unterzogen. Seit einigen Wochen probierten sie Großmutters Vorräte an ihm aus: auf gut Glück zwar, doch streng nach dem ABC.

Mit Anispulver hatten sie angefangen. Dann hatten sie

Wasti getrocknete Arnikawurzeln verabreicht, dann Baldriantee, dann Basilienkraut, dann mit Honig gesüßten Bitterklee, dann gemahlene Chinarinde, dann Eibischblätter, dann Enzian – und so fort bis zum heutigen Tage, an dem sie ihm einen Absud von Huflattich eingeflößt hatten.

Leider war die Behandlung vorläufig ohne Erfolg geblieben.

Das Einzige, was sie damit erreicht hatten, war, dass sich Wasti seit vorletztem Donnerstag standhaft weigerte Fleisch zu fressen. Stattdessen legte er eine erstaunliche Vorliebe für Salat an den Tag; auch Grünkohl, Tomaten, Radieschen und Zwiebeln verschmähte er keineswegs – und auf Salzgurken war er besonders erpicht: Die verschlang er wie Knackwürste.

„Armer Wasti!", seufzte Frau Schlotterbeck. „Nun bist du zu allem Unglück auch noch ein *vegetarisches* Krokodil geworden! – Ich weiß nicht, ob die Behandlung richtig ist. Wenn er nun eines Tages plötzlich zu krähen anfängt? Oder zu meckern? Oder i-ah zu schreien? Nicht auszudenken, was alles mit ihm geschehen könnte, wenn ihr so weitermacht!"

„Ebenso gut", sagte Kasperl, „könnte er eines Tages wieder zu einem Dackel werden."

Und Seppel meinte: „Das sollten Sie nicht vergessen, Frau Schlotterbeck!"

Aber Frau Schlotterbeck hatte heut ihren schlechten Tag. Statt den Freunden zu antworten, fing sie zu weinen an. Jammernd rang sie die Hände und während ihr dicke Tränen auf die Zigarre tropften, schluchzte sie:

„Ich bin schuld an dem ganzen Elend, mit Wasti – ja, ich bin schuld daran!"

Kasperl und Seppel versuchten sie zu beschwichtigen, doch umsonst. Einmal ins Heulen gekommen, heulte Frau Schlotterbeck weiter: Und wie es den Anschein hatte, gedachte sie nicht so bald wieder aufzuhören.

Da aßen die beiden Freunde rasch ihre Brote auf. Sie tätschelten Wasti zum Abschied den Rücken, dann sagten sie Lebewohl, überließen Frau Schlotterbeck ihrem Kummer und gingen nach Hause.

War da nicht noch etwas?

Kasperl und Seppel waren gerade vor Großmutters Gartentür angekommen, da hörten sie eine Fahrradklingel – und als sie sich umdrehten, sahen sie den Herrn Polizeihauptwachtmeister Alois Dimpfelmoser in voller Fahrt um die nächste Ecke biegen. Während er mit der linken Hand gleichzeitig lenkte und klingelte, strich er sich mit der rechten den Schnurrbart. Die Silberknöpfe an seinem Rock blinkten in der Sonne, Stiefel und Leibriemen waren auf Hochglanz gewichst, der ganze Herr Dimpfelmoser machte den Eindruck, als habe ihn jemand frisch eingefettet und aufpoliert.

Kasperl und Seppel waren sofort im Bilde. Großmutter hatte ihnen beim Frühstück laut aus der Zeitung vorgelesen, dass man Herrn Dimpfelmoser mit Wirkung vom letzten Ersten außer der Reihe zum Hauptwachtmeister befördert habe – und es gab sicherlich niemanden im ganzen Städtchen, der ihm das nicht gegönnt hätte.

„Hallo, Herr Dimpfelmoser!"

Die Freunde winkten, der eine mit seiner Zipfelmütze, der andere mit dem Seppelhut.

„Herzlichen Glückwunsch, Herr Dimpfelmoser! Wir gratulieren!"

„Danke sehr, danke vielmals!" Herr Dimpfelmoser hielt an, dass die Reifen quietschten und schwang sich vom Rad. „Demnach wisst ihr es also schon?"

„Ja", sagte Kasperl.

„Und wie gefällt er euch?"

„Wer?", fragte Seppel.

Herr Dimpfelmoser deutete stolz mit dem Zeigefinger auf seinen Kragen.

„Der dritte Stern da. Frau Pfundsmichel, meine Zimmerwirtin, hat ihn mir vorhin angenäht."

„Nett von ihr", sagte Kasperl; und Seppel beteuerte, dass sich Herr Dimpfelmoser gewiss keinen schöneren Stern hätte annähen lassen können. „Auch Großmutter wird sich freuen, wenn sie ihn sieht", meinte Kasperl.

Herr Dimpfelmoser lehnte das Fahrrad gegen den Gartenzaun, strich sich den blauen Rock glatt und rückte den Helm gerade. Dann folgte er Kasperl und Seppel zu Großmutters Häuschen. Die Tür war nicht abgeschlossen, das Küchenfenster stand offen – von Großmutter keine Spur.

„Möglich, dass sie im Garten ist", sagte Kasperl. „Oder vielleicht im Waschhaus."

Die Freunde erschraken nicht schlecht, als sie Großmutter fanden. Stocksteif lag die alte Dame im Gras: mit geschlossenen Augen und spitzer Nase, die Arme von sich gestreckt.

„Großmutter! Großmutter!" Kasperl und Seppel beugten sich über sie. „Sag doch was, Großmutter! Kannst du nicht antworten?"

„Nein", sagte Großmutter matt. „Ich bin ohnmächtig."

Seppel rannte um eine Gießkanne, Kasperl holte den Gartenschlauch. Großmutter kam ihren Wiederbelebungsversuchen um Haaresbreite zuvor: Als Kasperl das Wasser andrehen wollte, schlug sie die Augen auf.

„Kasperl!", rief sie. „Und Seppel! Wie gut, dass ihr da seid!"

Dann erst bemerkte sie auch Herrn Dimpfelmoser.

„Sie müssen entschuldigen, dass ich Sie fast übersehen hätte", bat sie mit schwacher Stimme. „Man fällt ja nicht alle Tage in Ohnmacht, nicht wahr?"

Sie zupfte an ihrer Schürze und legte die Stirn in Falten, als dächte sie angestrengt über etwas nach.

„Da war doch was", meinte sie, „was ich mit Ihnen besprechen wollte, Herr Dimpfelmoser – etwas ganz Wichtiges ... Aber was war das bloß?"

Kasperl und Seppel machten ihr heimlich Zeichen. Der eine fasste sich an den Kragen, der andere spreizte drei Finger und deutete auf Herrn Dimpfelmoser.

„Was habt ihr denn?", fragte Großmutter. „Immerzu müsst ihr Faxen machen!"

Weil Großmutter nicht begriff, musste Kasperl deutlich werden.

„Wolltest du nicht Herrn Dimpfelmoser zu seiner Beförderung gratulieren?", fragte er rundheraus.

„Das auch, das natürlich auch."

Großmutter holte den Glückwunsch nach, dann versank sie aufs Neue in tiefes Grübeln.

„Da war noch was anderes", murmelte sie. „Da war *noch* etwas ..."

Weiter kam sie nicht, denn mit einem Mal polterte jemand von innen gegen die Tür des Waschhauses.

„Aufmachen!", ließ eine raue Männerstimme sich laut und mit Nachdruck vernehmen. „Man hat mich hier unberechtigterweise eingesperrt! Schließen Sie endlich die Tür auf, zum Donnerwetter!"

Mit Stempel
und Unterschrift

Kasperl und Seppel, Herr Dimpfelmoser und Großmutter
waren so verdattert, als hätten sie eins mit der Feuerpatsche
aufs Dach bekommen. Es verging eine ganze Weile, bis sie
imstande waren etwas zu unternehmen.

Herr Dimpfelmoser machte den Anfang, indem er tief
Luft holte und den Säbel zog.

„Hotzenplotz!", rief er mit Donnerstimme. „Sie sind
umzingelt! Kommen Sie augenblicklich heraus da – und leis-
ten Sie keinen Widerstand! Haben Sie mich verstanden?"

„Das schon", sagte Hotzenplotz hinter der Tür. „Bloß –
hinauskommen kann ich nicht: Kasperls Großmutter hat
mich hier eingesperrt."

„Kasperls Großmutter?"

Großmutter fasste sich an den Kopf.

„Richtig, Herr Dimpfelmoser – jetzt ist es mir wieder eingefallen!" Sie blickte voll Stolz in die Runde. „Das hätten
Sie mir vermutlich nicht zugetraut, wie?"

„Es ist jedenfalls eine tolle Sache."

Herr Dimpfelmoser steckte den Säbel weg, zückte den
Bleistift und schlug das Notizbuch auf.

„Lassen Sie uns den Vorfall zu Protokoll nehmen!"

Großmutter wollte berichten, wie sie den Räuber kaltblütig überlistet und eingesperrt hatte – doch Hotzenplotz unterbrach sie.

„Aufmachen!", rief er. „Ich habe es satt hier, zum Kuckuck! Ich bin aus dem Kreisgefängnis entlassen worden, das kann ich sogar beweisen!"

Herr Dimpfelmoser zwinkerte Kasperl und Seppel zu, als wollte er sagen: Der scheint uns für ganz schön dumm zu halten.

„Dass ich nicht lache, Hotzenplotz! Sie – und entlassen? Was Blöderes ist Ihnen wohl nicht eingefallen!"

„Aber es ist die Wahrheit, Herr Oberwachtmeister! Glauben Sie mir doch endlich!"

Herr Dimpfelmoser verschränkte die Arme.

„Zweierlei müssen Sie wissen, Hotzenplotz: Erstens bin ich mit Wirkung vom letzten Ersten zum Hauptwachtmeister befördert worden – und zweitens habe ich nicht die geringste Lust mich mit Ihnen zu unterhalten. Erzählen Sie Ihre Lügengeschichten doch, wem Sie wollen, aber nicht mir!"

„Das *sind* keine Lügengeschichten!", beteuerte Hotzenplotz. „Wollen Sie meine Papiere sehen? Sie brauchen bloß aufzusperren, damit ich sie Ihnen zeigen kann!" Herr Dimpfelmoser ließ sich so schnell nicht hereinlegen. Zu Großmutters, Kasperls und Seppels Erleichterung sagte er kurz und bündig: „Die Tür bleibt natürlich zu."

„Und der Schein?", fragte Hotzenplotz. „Mein Entlassungsschein?"

„Notfalls gibt es ja unter der Tür einen Spalt – da können Sie ihn mir durchschieben."

„Aber natürlich!", rief Hotzenplotz und man hörte es seiner Stimme an, wie erleichtert er war. „Das ist die Idee!"

Dann raschelte etwas – und siehe da: durch den Spalt zwischen Tür und Schwelle wurde ein doppelt zusammengefaltetes Stück Papier geschoben. Kasperl und Seppel wollten sich danach bücken, aber Herr Dimpfelmoser hielt sie zurück.

„Das ist Sache der Polizei!"

Er bückte sich höchstpersönlich nach dem Papier, hob es

auf und entfaltete es. Dann begann er zu lesen: Nicht laut, nur sein Schnurrbart bewegte sich, während er las – und allmählich nahm sein Gesicht einen immer verdutzteren Ausdruck an.

„Was steht drin?", wollte Kasperl wissen.

Herr Dimpfelmoser öffnete sich den obersten Kragenknopf, er schien Luft zu brauchen.

„Das Schriftstück ist echt, wir müssen ihn leider rauslassen", sagte er.

„Hotzenplotz?", fragte Großmutter fassungslos.

„Er ist ordnungsgemäß entlassen: mit Stempel und Unterschrift, wie sich das gehört. „Also schließen Sie bitte auf, meine Teuerste."

Großmutter holte den Schüssel hervor und steckte ihn, wenn auch zögernd, ins Schlüsselloch. „Auf Ihre Verantwortung!"

Zweimal knackte das Schloss, dann schob sie den Riegel zurück – und fertig.

Kasperl und Seppel hielten den Atem an.

Hotzenplotz klinkte die Tür auf. Er trat ins Freie, den Räuberhut ins Genick geschoben und blinzelte in die Sonne.

„Wie sind Sie in diesen Garten gekommen?", herrschte Herr Dimpfelmoser ihn an.

„Durch das Gartentor", sagte Hotzenplotz.

„Und was haben Sie hier zu suchen?"

„Ich wollte der Großmutter guten Tag sagen – und mich bei ihr entschuldigen. Wegen damals – Sie werden es wohl noch wissen …"

„Und ob ich das weiß!", rief Herr Dimpfelmoser. „Und wissen Sie, was ich noch weiß? Sobald ich Sie beim gerings-

ten Verstoß gegen Recht und Gesetz ertappe, landen Sie wieder dort, wo Sie hingehören – nämlich im Loch: dass das klar ist!"

Hotzenplotz legte den Kopf schief.

„Sie werden es mir nicht glauben – aber ich habe mich fest entschlossen ein ehrlicher Mensch zu werden. Auf Räuberwort!"

„Sonst noch was?", schnauzte Herr Dimpfelmoser. „Machen Sie, dass Sie mir aus den Augen kommen!"

Hotzenplotz streckte die Hand aus. „Erst den Entlassungsschein!"

„Da!", rief Herr Dimpfelmoser. „Scheren Sie sich damit zum Teufel! Und denken Sie immer daran, dass es Mittel und Wege gibt, Sie auf Schritt und Tritt polizeilich zu überwachen: beispielsweise mit Hilfe einer gewissen Dame und ihrer Kristallkugel."

„Haben Sie nicht gehört, dass ich Schluss mache mit der Räuberei?", fragte Hotzenplotz. „Wie oft muss ich Ihnen das sagen, bis Sie begreifen, dass es mir damit ernst ist? Leben Sie wohl, alle miteinander!"

Er schob den Entlassungsschein in die Westentasche, dann tippte er an den Hut und verließ den Garten.

Kasperl und Seppel, Herr Dimpfelmoser und Großmutter blickten ihm nach und sie kamen sich einigermaßen belämmert vor, alle vier – da schreckte sie plötzlich ein schrilles Klingeln aus ihren Gedanken auf.

Herr Dimpfelmoser erbleichte bis in die Schnurrbartspitzen.

„Mein Fahrrad!", rief er. „Hotzenplotz hat mir das Fahrrad gestohlen – und dies nun bereits zum zweiten Mal!"

Schnauzball

Die Aufregung war, wie sich zeigen sollte, völlig umsonst gewesen. Kasperl und Seppel wollten gerade lossausen, um die Verfolgung des Räubers aufzunehmen, als Hotzenplotz freiwillig in den Garten zurückkam. Er brachte das Fahrrad geschoben und lehnte es gegen die Hausbank.

„Sie hatten vergessen es abzuschließen, Herr Hauptwachtmeister. Da habe ich mir gedacht, dass es besser ist, wenn ich es Ihnen hereinstelle."

Damit lüftete er den Räuberhut und empfahl sich endgültig.

Herr Dimpfelmoser stand da wie vom Schlag gerührt. Es dauerte eine halbe Minute und siebenunddreißig Sekunden, bis er die Sprache wiederfand; und obzwar er im Dienst und ein pflichtbewusster Beamter war, sagte er: „Darauf Großmutter, brauche ich, bitte schön – einen Schnaps."

Großmutter fand, dass sie auch einen Schluck vertragen könnte, „weil das die Nerven so schön beruhigt". Während sie schon ins Haus eilte, wandte Herr Dimpfelmoser sich Kasperl und Seppel zu.

„Lauft zu Frau Schlotterbeck", trug er den beiden auf,

„und bestellt ihr, ich würde euch auf dem Fuße folgen. Sie soll in der Zwischenzeit alles vorbereiten, damit ich sofort mit der Überwachung des Räubers beginnen kann."

Er wollte das Fahrrad abschließen, konnte jedoch in seinen vielen Taschen den Schlüssel nicht finden. Da band er es kurz entschlossen mit einem Stück Bindfaden an der Hausbank fest.

„Vier dreifache Doppelknoten müssten genügen, schätze ich."

Nachdem er die Knoten geknüpft hatte, ging er auch ins Haus.

„Prost!", riefen Kasperl und Seppel ihm nach.

Dann flitzten sie los zu Frau Schlotterbeck und zwar auf dem kürzesten Weg: durch das hintere Gartentürchen, dicht am Kompost vorbei.

„Ob Wasti wohl so was frisst?", fragte Kasperl mit einem Seitenblick auf die Kürbisse.

„Warum nicht?", meinte Seppel. „Probieren geht über Studieren."

Zwei von den kleineren Kürbissen nahmen sie mit. Dass Großmutter sie gezählt hatte, konnten sie ja nicht ahnen; und dass es sich noch dazu um besondere Kürbisse handelte, daran hätten sie nicht im Traum gedacht: So gut hatte Großmutter das vor ihnen geheim gehalten.

Frau Schlotterbeck ließ sich wie immer Zeit. Sechs- oder siebenmal mussten Kasperl und Seppel am Gartentor läuten, bis sie sich endlich bequemte herbeizuschlurfen. Sie war noch ein bisschen verheult im Gesicht, doch im Großen und Ganzen schien sie sich wieder gefasst zu haben.

„Kommt ihr schon wieder mit neuen Kräutern für Wasti?"

Sie sprach durch die Nase, als hätte sie Heuschnupfen.

„Nein", sagte Kasperl. „Wir kommen im Auftrag der Polizei. Herr Dimpfelmoser braucht Ihre Unterstützung – hören Sie nur, was er Ihnen bestellen lässt ..."

Frau Schlotterbeck schlug die Hände über dem Kopf zusammen, als ihr die Freunde berichteten, was sich ereignet hatte. Obgleich sie ja eine staatlich geprüfte Hellseherin war, musste sie zugeben, dass sie von alledem keine Ahnung gehabt hatte.

„Zeiten sind das – da kann einem angst und bange werden bei meinem Beruf!"

Sie erklärte sich unverzüglich bereit Herrn Dimpfelmoser zu helfen: Mit der Kristallkugel sei das ein Kinderspiel. Dann schlurfte sie durch den Garten ins Haus und die Freunde folgten ihr.

Im Hausflur kam Wasti ihnen entgegen. Freudig bellend fuhr er auf Kasperl und Seppel los und schnappte nach ihren Händen.

„Wirst du wohl artig sein!", schimpfte Frau Schlotterbeck. „Das gehört sich nicht für ein braves Hundchen!"

Während sie in die Wohnstube eilte um die Kristallkugel aus dem Schrank zu holen, blieben die Freunde bei Wasti im Flur zurück.

„Wir haben dir etwas mitgebracht." Kasperl hielt ihm den einen Kürbis hin. „Da – probier mal!"

Wasti war eigentlich furchtbar satt. Erst vorhin hatte er anderthalb Dutzend Kartoffelklöße verzehrt, mit gedünsteten grünen Bohnen und Gurkensalat als Beilage. Anstandshalber beschnupperte er den Kürbis von allen Seiten – und nur, weil er Kasperl und Seppel nicht kränken wollte, biss er ihn schließlich an.

„Na, wie schmeckt uns das?"

Wasti ließ ein erstauntes „Waff-waff" hören, etwa zu übersetzen mit: „Hoppla, das ist ja ein Leckerbissen!" Dann fraß er den Kürbis auf, dass es nur so schnurpste.

„Und jetzt", meinte Seppel, „den zweiten auch noch!"

Wasti beschnupperte auch den zweiten Kürbis. Er biss aber nicht hinein, dazu war er viel zu voll gefressen, sondern er stupste ihn bloß mit der Schnauze an – und dann rollte er ihn geschickt vor sich her: durch den Hausflur, zur Tür hinaus und ein Stück durch den Garten, schnurstracks auf seine Hütte zu.

„Sieh mal!", rief Seppel. „Er spielt mit dem Kürbis Schnauzball, gleich schießt er ein Eigentor!"

Vor der Hundehütte verlangsamte Wasti den Lauf. Er senkte die Schnauze, er zielte – und schwuppdich! beförderte er den Kürbis mit kräftigem Stoß hinein.

„Gut gemacht!"

Kasperl und Seppel klatschten ihm Beifall, doch Wasti tat ihnen nicht den Gefallen das Kunststück zu wiederholen. Ohne sich weiter um sie zu kümmern, verkroch er sich in die Hütte.

„Lasst mich gefälligst zufrieden!", knurrte er in der Hundesprache. „Jetzt möchte ich meine Ruhe haben, waffwaff, und ein bisschen schlafen."

Die Freunde konnten sich denken, was er gemeint hatte.

„Komm", sagte Kasperl zu Seppel. „Gehen wir zu Frau Schlotterbeck!"

Die Vorhänge in der Wohnstube waren wie immer zugezogen. Der Schein einer einzigen Kerze erhellte den Raum. Sie stand in der Mitte des runden, mit allerlei seltsamen Zeichen bedeckten Tisches. Neben der Kerze ruhte auf einem Kissen von schwarzem Samt die berühmte Kugel aus Bergkristall. Mit ihrer Hilfe konnte man alles beobachten, was sich im Umkreis von dreizehn Meilen ereignete: vorausgesetzt, dass es unter freiem Himmel geschah.

Bisher hatten Kasperl und Seppel Frau Schlotterbecks Kugel nie zu Gesicht bekommen.

„Eigentlich", dachte Kasperl bei ihrem Anblick, „sieht sie wie einer von Großmutters kleineren Kürbissen aus – nur dass sie nicht grün, sondern bläulich ist ..."

In der Tat: Bis auf diesen geringen Unterschied waren sich Großmutters Kürbisse und die magische Kugel der Witwe Portiunkula Schlotterbeck zum Verwechseln ähnlich.

Ein Ameisenhaufen,
der es in sich hat

Der Herr Polizeihauptwachtmeister Alois Dimpfelmoser
ließ auf sich warten. Die Freunde konnten sich nicht erklären, warum er so lange ausblieb. Ob ihn der Räuber Hotzenplotz unterwegs überfallen hatte?

„Wollen mal nachsehen", sagte Frau Schlotterbeck.

Sie setzte sich an den Tisch und begann an dem Kissen
aus schwarzem Samt zu drehen, auf dem die Kristallkugel
lag. Da schellte es an der Gartentür – und als Kasperl und
Seppel hinausrannten, um zu öffnen, stand draußen Herr
Dimpfelmoser mit seinem Fahrrad: krebsrot im Gesicht
und gewaltig schnaufend wie eine alte Dampfmaschine.

„Ich konnte den vierten dreifachen Doppelknoten ewig
nicht aufkriegen!", keuchte er. „In Zukunft, glaube ich, ist
es mit dreien auch getan."

Er kramte die Schnur aus der Tasche und blickte sich um.

„Wo kann ich das Rad hier anbinden?"

„Stellen Sie es doch einfach zu Wastis Hütte!", schlug
Kasperl vor.

„Recht hast du", sagte Herr Dimpfelmoser. „Dort ist es
sogar vor Hotzenplotz sicher – auch ohne Schnur."

An der Wohnstubentür empfing ihn die Witwe Schlotterbeck mit dem Ruf: „Da sind Sie ja endlich!" Dann bot sie ihm eine Tasse Tee an.

„Danke", erklärte Herr Dimpfelmoser. „Statt Tee zu trinken, sollten wir lieber die polizeiliche Überwachung des Räubers aufnehmen. Jede Minute ist kostbar."

Er setzte sich vor die Kugel aus Bergkristall. Frau Schlotterbeck nahm auf der anderen Seite des Tisches Platz, Kasperl und Seppel stellten sich hinter Herrn Dimpfelmoser und guckten ihm über die Schulter.

„Beginnen wir also!"

Frau Schlotterbeck drehte das Kissen mit spitzen Fingern ein wenig nach links und ein wenig nach rechts, langsam und vorsichtig: Da begann sich die magische Kugel aufzuhellen und nahm einen milchigen Schimmer an – als sei sie mit weißem Rauch oder Nebel gefüllt. „Wo wünschen Sie mit der Suche anzufangen?"

Herr Dimpfelmoser kratzte sich im Genick.

„Beginnen wir mit dem Weg durch den Räuberwald, der zu seiner Höhle führt!"

Frau Schlotterbeck drehte das Kissen ein weiteres Stück nach rechts. Der Nebel löste sich auf, das Bild eines Waldes erschien in der Kugel: Zunächst noch verschwommen, doch rasch nahm es klare Gestalt an.

„Der Räuberwald!", staunte Seppel. „Hier ist die Straße – und dort, an der Biegung ..."

„Wahrhaftig!", rief Kasperl. „Dort an der Biegung beginnt der Pfad, der zum Alten Steinkreuz führt – und vom Steinkreuz zur Räuberhöhle!"

Frau Schlotterbeck handhabte ihre magische Kugel mit viel Geschick. Kasperl und Seppel hatten den Eindruck, als

ob sie in Windeseile dem Waldpfad folgten: an Himbeer-sträuchern und Brombeerhecken vorbei, über Wurzelwerk, Steine und Dornenranken, durch dick und dünn. Da war schon die Brücke über den Moosbach – und dort, ein paar Schritte weiter, entdeckten sie Hotzenplotz, wie er durchs Heidekraut stapfte: Sie hatten ihn eingeholt.

„Pscht!", machte Kasperl. „Ich glaube, er singt sich eins."

Die Stimme des Räubers klang weit entfernt, doch die Worte des Liedes waren genau zu verstehen. Es hatte bloß eine einzige Strophe, die Hotzenplotz unentwegt wieder-holte:

> „Lustig war das Räuberleben
> In dem grünen Wald, juchhei!
> Trotzdem hab ich's aufgegeben,
> Das ist nun vorbei-zwei-drei!
> Trotzdem hab ich's aufgegeben,
> Das ist nun vorbei."

Herr Dimpfelmoser hörte ihm eine Weile mit grimmiger Miene zu, dann brummte er:

„Alles Schwindel! So laut kann der gar nicht singen, dass ihm die Polizei das glaubt!"

Mit langen Schritten strebte der Räuber seiner Behau-sung zu. Die Bretter, mit denen Herr Dimpfelmoser den Eingang vernagelt hatte, riss er herunter. Dann öffnete er die Tür und verschwand.

Was ließ sich dagegen sagen? Es stand ja in seinen Papie-ren ausdrücklich, dass er „an seinen ständigen Wohnsitz" entlassen war.

„Warten wir ab, was er tun wird", knurrte Herr Dimpfel-moser.

Leider reichten die Kräfte der magischen Kugel nicht aus, um Hotzenplotz in das Innere seiner Höhle zu folgen. Es blieb eine Weile still drin – dann hörten sie ein Geräusch, das wie lautes Schnarchen klang. Daraus schlossen sie, dass der Räuber sich schlafen gelegt hatte.

Mehrere Stunden verbrachten sie in gespannter Erwartung. Frau Schlotterbeck kochte Tee und bewirtete sie mit Käseplätzchen und Zwiebelkuchen. Es dunkelte schon im Walde, als Hotzenplotz endlich wieder zum Vorschein kam.

Gähnend verließ er die Räuberhöhle. Er nahm eine Prise Schnupftabak, rieb sich die Nase und nieste ein paarmal. Dann holte er einen Spaten aus dem Gestrüpp, den schulterte er – und sie ließen ihn nicht aus den Augen, bis er vor einem großen Ameisenhaufen stehen blieb.

Ein Glück, dass der Mond schien!

So konnten sie trotz der Dunkelheit deutlich erkennen, dass es ein künstlicher Ameisenhaufen war, an dem sich der Räuber nun mit dem Spaten zu schaffen machte.

Er legte zwei Pulverfässer und eine mit Blech beschlagene Kiste frei.

Der Kiste entnahm er ein Dutzend Pistolen und mindestens sieben Messer, die steckte er alle in einen großen Sack.

Dann schob eine schwarze Wolke sich vor den Mond, das Bild in der Kugel verfinsterte sich – und mehr war an diesem Abend beim besten Willen nicht zu beobachten.

Die Räuberfalle

Kasperl und Seppel, Frau Schlotterbeck und Herr Dimpfelmoser hatten genug gesehen: Nun waren sie felsenfest überzeugt davon, dass Hotzenplotz nicht im Traum daran
dachte sein Leben zu ändern.

„Friedliche Bürger brauchen kein Schießpulver", sagte
Herr Dimpfelmoser. „Und was er mit seinen Messern und
den Pistolen im Sinn hat, kann man sich an zwei Fingern
ausrechnen. Es ist höchste Gefahr im Verzug! Morgen Vormittag werde ich alles schriftlich zu Protokoll nehmen –
und am Nachmittag lege ich fest, welche weiteren Maßnah-
men gegen ihn zu ergreifen sind. Der Kerl soll sein blaues
Wunder erleben!"

Er setzte den Helm auf, dann richtete er das Wort an die
Witwe Schlotterbeck:

„Könnten Sie wohl die Güte haben und morgen früh,
wenn es draußen hell wird, die Überwachung des Räubers
fortsetzen? Das ist wichtig, damit er uns nicht durch die
Lappen geht."

„Ihnen zuliebe", versprach ihm Frau Schlotterbeck,
„werde ich mir den Wecker auf vier Uhr früh stellen."

Kasperl und Seppel waren nicht übermäßig begeistert

davon, dass Herr Dimpfelmoser den nächsten Schritt gegen Hotzenplotz frühestens morgen Nachmittag unternehmen wollte. Der Räuber war schwer bewaffnet – was konnte er in der Zwischenzeit alles anstellen!

Während sie miteinander heimgingen, legten die beiden sich einen Plan zurecht, wie sie Hotzenplotz fangen wollten.

„Zweimal haben wir ihn auf eigene Faust geschnappt", sagte Kasperl. „Da schaffen wir's auch ein drittes Mal!"

Sie schlichen am anderen Morgen vor Tau und Tag von zu Hause weg: Kasperl mit einem Sack voll Sand auf dem Rücken, Seppel mit Großmutters Wäscheleine unter dem Arm.

Im Morgengrauen eilten sie durch den Wald, überquerten den Moosbach und huschten am Alten Steinkreuz vorbei. Kurz vor der Räuberhöhle machten sie Halt. Dort standen zwei mächtige alte Buchen neben dem Pfad, eine links, eine rechts davon: Dies war die Stelle, die sich für eine Räuberfalle am besten eignete.

„Fangen wir an!", sagte Kasperl.

Mit Seppels Hilfe erkletterte er die linke Buche und schwang sich auf einen Ast, der über den Pfad hinausragte. Vorsichtig rutschte er auf dem Ast entlang, bis der Fußweg genau unter ihm lag. Nun musste ihm Seppel das eine Ende von Großmutters Wäscheschnur zuwerfen.

„Hast du sie?"

„Danke schön", sagte Kasperl. „Ich lasse sie auf der anderen Seite wieder hinunter, damit du den Sack voll Sand daran festbinden kannst. Ist das klar?"

„Klar wie Zwetschgenmus."

Kasperl rutschte zurück und ließ sich am Stamm der Buche hinabgleiten.

„Fertig?"

„Moment", sagte Seppel. „Ich mache zur Sicherheit einen Extraknoten ... Wenn der nicht hält, will ich Mops heißen."

Sie zogen den Sack mit vereinten Kräften bis zu dem Ast empor. Das freie Ende der Wäscheleine schlangen sie um den Stamm der Buche, die auf der rechten Seite des Pfades stand. Den Rest spannte Kasperl als Stolperschnur über den Weg.

„Und du meinst, dass es klappen wird?", fragte Seppel. „Wer sagt uns denn überhaupt, dass Hotzenplotz hier entlangkommt?"

Kasperl war zuversichtlich.

„Es gibt keinen anderen Weg, der zu seiner Höhle führt."

„Und der Sack mit dem Sand? Ob er wirklich herunterfällt?"

„Das ließe sich ausprobieren."

„Ist gut", sagte Seppel. „Nehmen wir also an, dass Hotzenplotz hier vorbeikommt und dass er den Stolperstrick nicht entdeckt. Er stößt mit dem Fuß dagegen: ganz leicht nur, wie ich jetzt dagegenstoße – und dann?"

Seppels Befürchtungen waren grundlos gewesen.

Er hatte den Stolperstrick kaum mit dem großen Zeh berührt – da plumpste der Sandsack herunter. Er plumpste ihm auf den Hut, und Seppel verdrehte die Augen.

„Uff!"

Damit sank er in sich zusammen und sagte für eine Weile gar nichts mehr.

„Seppel!", rief Kasperl. „Was hast du, um Himmels willen? Steh auf, Seppel!"

Seppel lag da wie vom Blitz getroffen, er gab keinen Laut von sich.

„Seppel!", beschwor ihn Kasperl. „Aufwachen, Seppel!"
Er zupfte ihn an den Haaren, er rieb ihm die Ohren, er zwickte ihn in die Nase – vergebens. Da ließ eine raue Männerstimme sich hören:

„Den scheint's ja ganz schön erwischt zu haben, hö-höh!"

Und als Kasperl erschrocken aufblickte, sah er – dem Räuber Hotzenplotz ins Gesicht.

Feuerwerk

Kasperl brachte vor Schreck keinen Ton heraus. Durfte er Seppel jetzt einfach im Stich lassen? – nie und nimmermehr! Mochte der Räuber mit ihnen tun, was er wollte!

„Na, ihr zwei Oberkünstler?"

Hotzenplotz hockte sich neben Kasperl nieder und fühlte Seppel den Puls.

„Wollen versuchen ihn wieder wach zu kriegen." Er holte aus seiner Hosentasche die Schnupftabaksdose hervor. „Das Zeug, musst du wissen, wirkt manchmal Wunder."

„Meinen Sie?"

Hotzenplotz stopfte Seppel die Nase mit Schnupftabak voll.

„Pass mal auf, wie das hilft!"

Es dauerte keine zwei Sekunden und Seppel brach in ein fürchterliches Geniese aus. Er nieste und nieste, als wollte es ihn von innen heraus in Stücke reißen.

Kasperl packte ihn an den Schultern und rüttelte ihn.

„Haptschi!", machte Seppel und japste nach Luft. „Ich muss einen grässlichen Schnupfen erwischt haben, Kasperl – haptschi, haptschiii!"

Kasperl lieh ihm sein Taschentuch. Seppel schnäuzte sich

aus und rieb sich die Augen. Dann erst bemerkte er Hotzenplotz: „Sie sind das?"

„Ich, wenn du nichts dagegen hast. Und nun sagt mir gefälligst, was da passiert ist!"

„Ach", druckste Kasperl herum, „das wissen wir eigentlich selbst nicht. Ein Zufall, verstehen Sie – nichts wie ein dummer Zufall, Herr Hotzenplotz …"

„Und der Sack voll Sand? Und der Stolperstrick?" Der Räuber tat Kasperls Antwort mit einem verächtlichen Grunzen ab. „Ich habe euch nämlich beobachtet, eine ganze Weile schon – und ich finde, das solltet ihr lieber bleiben lassen."

„Was?", fragte Kasperl so unschuldig, wie er nur konnte.

„Dass ihr mir Fallen stellt! Erstens kann das ins Auge gehen ..."

„Ins Auge ist gut", meinte Seppel. „Es ist auf den Hut gegangen. – Und zweitens?"

„Zweitens, beim Teufel und seiner Großmutter, wiederhole ich hiermit, dass ich seit gestern ein friedlicher Bürger bin! Wozu dann der Sandsack, den ihr mir auf den Kopf fallen lassen wolltet – auf meinen guten, alten, ehemaligen Räuberkopf?"

Das fehlte gerade noch, dass sich Hotzenplotz über sie lustig machte!

„Werden Sie bloß nicht albern!", rief Kasperl. „Seppel und ich wissen haargenau, was mit Ihnen los ist, Herr Plotzenhotz!"

„Und zum Glück", sagte Seppel, „weiß auch die Polizei Bescheid!"

Hotzenplotz tat, als könnte er nicht bis drei zählen.

„Ich weiß wirklich nicht, was ihr meint."

„Dann denken Sie doch an gestern Abend!", half Kasperl ihm nach. „Ich sage bloß: Ameisenhaufen!"

Der Räuber maß ihn mit einem erstaunten Blick.

„Meint ihr das halbe Dutzend Pistolen?"

„Es waren auch mindestens sieben Messer dabei – und außerdem zwei Fass Schießpulver. Sollten Sie das vergessen haben, Herr Klotzenmotz?"

Hotzenplotz patschte sich auf die Schenkel.

„Wenn das alles ist, könnt ihr beruhigt sein, hö-hö-hö-höööh!"

„Sie!", brauste Kasperl auf. „Wir finden das gar nicht lustig!"

Hotzenplotz lachte, dass ihm die Tränen über die Wangen kullerten: echte, wirkliche, dicke Räubertränen.

„Ich hab ja den ganzen Plunder bloß ausgegraben, weil ich ihn loswerden wollte, verdammt nochmal!"

„Loswerden?", fragte Seppel.

„Weil man als ehrlicher Mensch für Pistolen und Messer und Schießpulver keine Verwendung hat – klar?"

Durften die Freunde den Worten des Räubers trauen?

„Was haben Sie mit dem Zeug denn getan?", wollte Kasperl wissen.

„Vorläufig nichts", meinte Hotzenplotz. „Weil es mir gestern Abend zu finster war."

„Und jetzt?", fragte Kasperl.

„Jetzt werden wir reinen Tisch machen", antwortete ihm der Räuber. „Steht auf – und kommt mit!" Er knuffte sie in den Rücken. „Vorwärts!"

Sie brauchten nicht weit zu laufen. Nach wenigen Schritten erreichten sie eine kleine Lichtung im Wald, dort lagen in einer Mulde die beiden Pulverfässer.

„Da wären wir", sagte Hotzenplotz. „Alles ist vorbereitet – gleich haben wir's hinter uns gebracht!"

Kasperl und Seppel ließen die Köpfe hängen und wünschten, sie wären im Hottentottenland. Was auch der Räuber mit ihnen vorhaben mochte: Es konnte nichts Gutes sein.

„Seht ihr den grauen Faden da, auf dem Waldboden?"

„Ja", sagte Kasperl nach einigem Suchen.

„Es ist eine Zündschnur, sie führt zu den Pulverfässern.

Ich wollte die Dinger gerade hochgehen lassen: Da sind mir zwei große Räuberjäger dazwischengekommen – Glück muss man haben!"

Kasperl bekam eine weiße Nase.

„Sie werden uns – in die Luft sprengen?"

„Unsinn!", rief Hotzenplotz. „Zusehen sollt ihr mir bei dem Feuerwerk, weiter gar nichts."

Die Freunde mussten sich neben ihn auf den Boden legen.

„Schön flach machen!", schärfte er ihnen ein, bevor er das Ende der Lunte mit einem Streichholz in Brand setzte. Zischend und knisternd fraß sich ein blaues Flämmchen mit Windeseile durch Gras und Heidekraut auf die Fässer zu.

„Runter jetzt!"

Hotzenplotz packte Kasperl und Seppel am Kragen, er drückte sie mit den Nasen ins Moos.

Dann hörten sie einen Knall wie zwölf Böllerschüsse auf einmal. Erde und Holzsplitter wirbelten durch die Luft, dass es nur so prasselte.

Als sich die Freunde getrauten den Kopf zu heben, waren die Pulverfässer verschwunden. Ein schwarzer Fleck im Gras, nackt und kahl: Das war alles, was davon übrig geblieben war.

Dreimal
weg damit!

„War das Ihr ganzes Schießpulver?", fragte Kasperl.

„Bis auf den letzten Krümel", versicherte Hotzenplotz. „Glaubt ihr mir nun, dass ich ehrlich beschlossen habe die Räuberei an den Nagel zu hängen?"

„Jetzt schon", meinte Seppel.

„Und du, Kasperl?"

„Meine Hand drauf, Herr Hotzenplotz!"

Somit war alles klar – bis auf eines. Und dies war ein Punkt, der dem ehemaligen Räuber zu schaffen machte.

„Ob auch Herr Dimpfelmoser mir endlich glauben wird?"

„Unbedingt", sagte Kasperl. „Frau Schlotterbeck wird ihm genau berichten, was mit dem Pulver geschehen ist – falls er es nicht mit eigenen Augen beobachtet hat."

„Wie das?", fragte Hotzenplotz.

Kasperl und Seppel verrieten ihm, welche Bewandtnis es mit Frau Schlotterbecks magischer Kugel hatte.

„Ein tolles Patent, muss ich sagen!"

Hotzenplotz kratzte sich hinter dem linken Ohr und räusperte sich; dann rief er mit lauter Stimme, um sicherzugehen, dass man es in Frau Schlotterbecks Wohnstube nicht überhören konnte:

„Wie Sie bemerkt haben dürften, geschätzte Zuschauer, habe ich meinen restlichen Vorrat an Schießpulver ratzeputz in die Luft gejagt – und nun geben Sie bitte Acht, was Kasperl, Seppel und ich mit den Messern und den Pistolen tun werden! Wenn Sie mich dann noch immer für einen Halunken halten ist Ihnen nicht zu helfen. Schließlich, verdammt nochmal, hat man ja eine Ehre im Leib, nicht wahr? Das sollten Sie nicht vergessen, Herr Dimpfelmoser – auch wenn Sie tausendmal von der Polizei sind!"

Er winkte den Freunden und sagte:

„Los jetzt – wir wollen es ihnen zeigen!"

Sie gingen gemeinsam zur Räuberhöhle, der Sack mit den Waffen lag griffbereit hinter der Eichentür. Hotzenplotz lud ihn sich auf die Schulter, dann führte er Kasperl und Seppel durch Wald und Gestrüpp an den Rand des Moores.

„Dicht hinter mir geblieben!", wies er sie an. „Die Wege und Stege hier draußen sind schmal, schon mancher hat einen falschen Tritt getan – und dann ist er im Moor versunken, als ob es ihn nie gegeben hätte. Aber wenn einer sich hier zurechtfindet, ist es der alte Hotzenplotz."

„Hoffen wir's!", dachte Kasperl und Seppel spuckte zur Sicherheit dreimal aus.

Auf schwankenden Pfaden folgten sie Hotzenplotz in das Moor hinaus. Es gab Stellen, da quatschte der Boden, als müssten sie jeden Augenblick stecken bleiben. Das Wasser drang ihnen in die Schuhe – doch allemal fanden sie wieder auf festen Grund zurück.

An einem besonders schwarzen und einsamen Tümpel blieben sie stehen.

„Wollen wir anfangen?"

Hotzenplotz kramte eines der sieben Messer aus seinem Sack und reichte es Kasperl.

„Weg damit!"

„Dreimal weg damit!"

Kasperl streckte den Arm aus, dann ließ er das Messer fallen. Glucksend und blubbernd versank es auf Nimmerwiedersehen im Wasser.

„Wer will, mag es sich herausholen – weiter jetzt!"

Kreuz und quer durchwanderten sie das Moor, von Tüm-

pel zu Tümpel. Kasperl und Seppel durften sich abwechseln. Sie versenkten die Waffen einzeln, jede an einer anderen, unzugänglichen Stelle.

„Weg damit!", riefen sie, wenn die schwarze Tunke darüber zusammenschwappte. „Weg damit – dreimal weg damit!"

Und wie
geht es weiter?

Es dauerte seine Zeit, bis der Sack geleert war. Dann kehrten sie zu der Räuberhöhle im Wald zurück.

„Wisst ihr was?", meinte Hotzenplotz. „Lasst uns ein Feuer machen, da können wir unsere Strümpfe und Schuhe trocknen. Außerdem hab ich einen Bärenhunger."

„Wir auch", sagte Kasperl.

„Großartig!" Hotzenplotz klopfte sich auf den Magen. „Ich glaube, dem lässt sich abhelfen …"

Unweit der Höhle stand eine knorrige alte Eiche, eine von mehreren.

„Soll ich euch mal was zeigen?"

Hotzenplotz drückte auf eine bestimmte Stelle an ihrem Stamm, da öffnete sich die Eichenrinde wie eine Schranktür. Dahinter befand sich ein Vorratslager an Lebensmitteln: Schmalztöpfe, Speckseiten, einige Büchsen Pökelfleisch, mehrere Säcke Zwieback, sechs Ringe Salamiwurst, sieben Käselaibe und acht oder neun geräucherte Heringe.

„Und was ist in den Flaschen?"

„Sliwowitz", sagte Hotzenplotz. „Zwiebeln und Knoblauch sind auch zur Hand – und Pfeffer und Paprika könnt ihr haben, so viel ihr wollt."

Damit holte er eine Bratpfanne unter dem nächsten Strauch hervor, sie entfachten ein Feuer und hängten die Schuhe und Strümpfe zum Trocknen auf.

„Jetzt brate ich uns einen echten Räuberschmaus!"

Hotzenplotz griff an den Gürtel und stutzte.

„Was fehlt Ihnen?", fragte Kasperl.

„Ich habe kein einziges Messer mehr …"

„Nehmen Sie meines – ich leihe es Ihnen gern."

Mit Kasperls Taschenmesser schnippelte Hotzenplotz allerlei Zutaten klein: die rührte er in die Pfanne – und alsbald verbreitete sich ein leckerer Duft im Wald. Das Wasser lief Kasperl und Seppel im Mund zusammen. Sie konnten es kaum erwarten, bis Hotzenplotz endlich die Pfanne vom Feuer rückte. Er hatte sich vorsorglich eine Flasche Sliwowitz neben den Platz gestellt.

„Mahlzeit!"

Sie aßen den Räuberschmaus mit den bloßen Fingern, was ihn besonders schmackhaft machte. Großmutter war eine gute Köchin, das stand außer jedem Zweifel; doch selbst an den höchsten Feiertagen hatte sie Kasperl und Seppel etwas so Köstliches niemals zubereitet – mit so viel Zwiebeln und so viel Speck daran und vor allem: mit so viel Knoblauch.

„Es wundert mich eigentlich", sagte Kasperl zwischen zwei Happen, „dass Sie die Räuberei aufgeben wollen, Herr Hotzenplotz."

„Das ist rasch erklärt."

Hotzenplotz nahm einen Schluck aus der Sliwowitzflasche.

„Natürlich hat der Beruf eines Räubers auch seine

schönen Seiten. Die Waldluft hält einen jung und gesund; für Abwechslung ist gesorgt; und solange man nicht im Loch sitzt, führt man ein wildes und freies Leben – *aber* ...“

An dieser Stelle legte er eine Pause ein und genehmigte sich einen weiteren Sliwowitz.

„Kurz und gut: Auf die Dauer wird mir die Sache zu anstrengend. Nichts ist lästiger auf der Welt, als ständig den bösen Mann zu spielen! Immerzu Missetaten verüben müssen, auch wenn einem gar nicht danach zumute ist; immerzu Großmütter überfallen und Fahrräder klauen; und immerzu auf der Hut vor der Polizei sein: das zehrt an den Kräften und sägt an den Nerven, glaubt mir das! Und im Übrigen ...“

Hotzenplotz setzte zu einem dritten Schluck an.

„Im Übrigen hängt mir das ganze Räuberwesen zum Hals heraus. Ich bin froh, dass es damit aus ist, verflucht nochmal – ja, ich bin wirklich froh darüber!“

„Und?“, fragte Kasperl. „Wie soll es nun weitergehen, Herr Hotzenplotz? Haben Sie schon bestimmte Pläne für Ihre Zukunft?“

„Nööö“, sagte Hotzenplotz. „Aber da wird sich schon etwas finden lassen.“

Sie aßen die Pfanne leer; dann berieten sie miteinander, welche Berufe für Hotzenplotz in Betracht kämen. Das war schwierig, denn erstens hatte er außer der Räuberei nichts gelernt – „und zweitens“, meinte er, „wäre mir eine Arbeit im Wald am liebsten; wenn sie nur nicht zu schwer ist – und Spaß machen sollte sie obendrein.“

Holzfällen kam also nicht in Frage für ihn, Torfstechen auch nicht und Steineklopfen am allerwenigsten.

„Groß ist die Auswahl nicht", meinte Kasperl. „Am besten wäre vielleicht ein Beruf für Sie, der noch gar nicht erfunden ist – sagen wir: Zeichenlehrer an einer Baumschule …"

„Züchten Sie essbare Fliegenpilze!", schlug Seppel vor.

„Oder Pfifferlinge in Dosen!"

„Nicht schlecht", meinte Hotzenplotz grinsend. „Ich könnte auch Tollkirschenmarmelade herstellen."

„Dann schon lieber gerösteten Schnepfendreck!"

„Kieselsteinmargarine …"

„Stinkmorchelbrause in Pulverform …"

„Ob man mit Ameiseneierlikör ins Geschäft käme?"

„Wenn Sie *mich* fragen", sagte Kasperl, „dann werden Sie Weichensteller auf einem Wildwechsel – mit der Aussicht, nach spätestens anderthalb Jahren zum Oberwildwechselweichensteller ernannt zu werden!"

Sie blödelten um die Wette weiter, bis ihnen nichts mehr einfiel. Dann sangen sie Räuberlieder und zwischendurch musste Hotzenplotz ihnen von seinen Taten und Abenteuern erzählen – und wie es ihm immer wieder geglückt war die Polizei an der Nase herumzuführen, jahraus, jahrein.

Das war spannend und lustig.

Vor lauter Geschichtenerzählen und Zuhören merkten sie gar nicht, wie rasch die Zeit verging.

Mit einem Mal war es Abend, die Dämmerung brach herein und Hotzenplotz sagte:

„Ich glaube, nun müsst ihr nach Hause, sonst gibt es

Ärger. Lasst uns die Strümpfe und Schuhe anziehen und das Feuer löschen – dann will ich euch bis zum Städtchen begleiten, damit ihr mir nicht auf dem Heimweg versehentlich unter die Räuber fallt, hö-hö-höhöööh!"

Der Steckbrief

Als sie den Wald verließen, war es schon richtig dunkel. Hotzenplotz wollte sich bei der ersten Straßenlaterne von Kasperl und Seppel verabschieden: da entdeckte er in der Nähe ein großes Plakat, das an einem Bauzaun hing.

„Nanu!", rief er aus. „Entweder ist mir der Sliwowitz nicht bekommen – oder es stimmt was mit meinen Augen nicht. Ist das *mein* Bild dort?" Er deutete auf das Plakat. „Oder ist das *nicht* mein Bild?"

„Doch", sagte Kasperl. „Das sieht ja ein Blinder von hinten, dass *Sie* es sind."

„Und?", fragte Hotzenplotz. „Was, zum Geier, bedeutet das?"

„Nichts", meinte Seppel. „Es muss sich um einen Steckbrief von früher handeln."

„Um einen Dreckbrief!" Hotzenplotz war mit Recht empört.

„Warum hat die Polizei ihn nicht abgenommen? Das ist eine Schlamperei, die zum Himmel stinkt!"

Sie beguckten sich das Plakat aus der Nähe – und Kasperl verschluckte sich fast vor Schreck.

„Herr P-plotzenhotz!", stieß er hervor. „D-das Ding ist v-von heute!"

„Von wann, sagst du?"

Kasperl wies auf das Datum, das in der rechten oberen Ecke stand.

„Nun verstehe ich überhaupt nichts mehr! Gestern entlassen – und heute schon wieder öffentlich ausgehängt? Das kann nur ein blöder Spaß sein!"

Gemeinsam entzifferten sie den Text des Plakates. Er war von Herrn Dimpfelmoser geschrieben, mit schwarzem Filzstift auf weißem Packpapier:

Gesucht wird, zwecks schleunigster Inhaftierung desselben, zum ehestmöglichen Zeitpunkt,

der Räuber Hotzenplotz.

Gesuchter ist schwer bewaffnet und mehrfach vorbestraft.
Besondere Kennzeichen:
Schwarzer Räuberhut, lange, im oberen Drittel deutlich gekrümmte Feder, Stoppelbart.

Der als gemeingefährlich bekannte Verbrecher steht im Verdacht, sich nachstehender Straftaten schuldig gemacht zu haben:
1. *Einbruch im Wohnhaus der Witwe Portiunkula Schlotterbeck, verübt in der Nacht von gestern auf heute.*
2. *Entwendung eines der o. e. Witwe gehörenden Gegenstandes von unersetzlichem Wert. (Kokosnussgroße Kugel aus Bergkristall).*

Die Bevölkerung des gesamten Landkreises wird hierdurch zur Mithilfe bei der Fahndung aufgerufen. Sachdienliche Mitteilungen werden auf Wunsch vertraulich behandelt.

Die Ortspolizeibehörde
gezeichnet: Dimpfelmoser, Alois Polizeihauptwachtmeister

Hotzenplotz fasste sich an den Kopf. Dreimal mussten ihm Kasperl und Seppel vorlesen, was da in schwarzer Schrift unter seinem Bild stand, bevor er es ihnen glaubte – dann lief ihm die Galle über.

„Wie kommt dieser Dimpfelmoser dazu, einen solchen Quatsch zu schreiben? Der Schlag soll mich treffen, wenn ich das Haus von Frau Schlotterbeck je betreten habe! Aber die Polizei weiß ja alles besser, verdammt nochmal – dafür ist sie die Polizei!"

Kasperl versuchte ihm Mut zu machen.

„Wenn Sie es nicht waren, Herr Hotzenplotz, der die Kugel gestohlen hat, muss ein anderer es gewesen sein. Seppel und ich werden alles tun, um die Wahrheit ans Licht zu bringen!"

„Wirklich?"

„Und wenn wir die halbe Welt auf den Kopf stellen müssten!"

Hotzenplotz drückte den Freunden gerührt die Hand, im Voraus dankte er ihnen für alle Mühe.

In diesem Augenblick hörten sie eine Fahrradklingel: Der Herr Polizeihauptwachtmeister Alois Dimpfelmoser kam um die Ecke geradelt.

„Rasch!", sagte Kasperl zu Hotzenplotz. „Er darf Sie auf

keinen Fall sehen, bevor wir mit ihm gesprochen haben –
sonst nimmt er Sie auf der Stelle fest!"

Herrn Dimpfelmoser
ist alles klar

Hotzenplotz kniete nieder, er stützte sich mit den Ellbogen auf den Boden und duckte sich. Kasperl und Seppel nahmen auf seinem Rücken Platz wie auf einer Bank, sie lehnten sich gegen den Bauzaun. Herr Dimpfelmoser erspähte sie, stieg vom Fahrrad und richtete seine Taschenlampe auf sie.

„Bist du das, Kasperl?"

„Ich denke: ja."

„Und Seppel ist auch dabei?"

„Warum fragen Sie?", meinte Seppel. „Wo Kasperl ist, bin ich auch."

„Dann ist es ja gut!" Herr Dimpfelmoser knipste die Lampe aus. „Großmutter ist in tausend Ängsten um euch."

„Wieso?", fragte Kasperl.

„Weil sie seit heute Morgen nichts von euch weiß."

„Von Kasperl und mir?", fragte Seppel.

Herr Dimpfelmoser war drauf und dran die Geduld zu verlieren.

„Habt ihr die Steckbriefe nicht gelesen? Sonst müsstet ihr wissen, dass Hotzenplotz bei Frau Schlotterbeck einen Einbruch verübt hat. Nicht auszudenken, wenn euch der

Bursche gefangen hätte – das wäre euch schlecht bekommen!"

„Sie sehen ja selbst, dass wir heil und ganz sind", erwiderte Kasperl. „Wie kommen Sie übrigens ausgerechnet auf Hotzenplotz? Ist er beobachtet worden, wie er Frau Schlotterbecks Kugel gestohlen hat?"

„Das tut nichts zur Sache, der Fall ist ja sonnenklar. Für mich kommt als Täter nur er in Frage. Die Kugel ist weg – also kann ihm die Polizei nicht mehr auf die Finger schauen. Wenn überhaupt jemand einen Grund hatte bei Frau Schlotterbeck einzubrechen – dann er!"

Kasperl und Seppel versuchten Herrn Dimpfelmoser zu widersprechen.

„Das wissen wir zufällig besser! Wir schwören Ihnen, dass Hotzenplotz mit dem Raub der Kristallkugel nichts zu schaffen hat. Er ist unschuldig!"

„Papperlapapp!"

Herr Dimpfelmoser fuhr ihnen über den Mund, er ließ sie nicht ausreden.

„Marsch nach Hause mit euch – zu Großmutter! Es wird Zeit, dass ich mich aufs Ohr lege. Morgen früh ziehen Wasti und ich miteinander los: Und wo Hotzenplotz dann auch steckt – wir werden ihn finden und seiner gerechten Strafe zuführen. Das verspreche ich euch, so wahr man mich außer der Reihe zum Hauptwachtmeister befördert hat."

Er rasselte mit dem Säbel.

„Versprecht ihr mir hoch und heilig, dass ihr sofort nach Hause lauft?"

„Hoch und heilig, Herr Wachthauptmeister."

Herr Dimpfelmoser bestieg das Fahrrad. Kräftig trat er in die Pedale und fuhr davon. Die Freunde warteten, bis das Rücklicht verschwunden war, dann erhoben sie sich.

„Die Luft ist jetzt wieder rein, Herr Hotzenplotz." Ächzend und stöhnend richtete sich der ehemalige Räuber auf und rieb sich das Kreuz.

„Ihr beiden seid ganz schön schwer, muss ich sagen. Und Dimpfelmoser hätte euch wenigstens anhören können! Wenn er mit Wasti Schlotterbeck auf mich Jagd macht, sitze ich bald wieder hinter Schloss und Riegel: Darauf könnt ihr Gift nehmen."

„Abwarten!", meinte Kasperl. „Sie dürfen natürlich auf keinen Fall in den Wald zurück ..."

„Wohin sonst?", fragte Hotzenplotz.

„Kommen Sie doch mit uns!", schlug ihm Kasperl vor. „In Großmutters Haus wird Sie niemand suchen: Dort sind Sie einstweilen sicher – und Seppel und ich haben Zeit um herauszukriegen, was mit Frau Schlotterbecks Kugel wirklich geschehen ist."

Knoblauch
und Schnupftabak

Großmutter saß in der Fensternische und strickte. Sie machte sich große Sorgen um Kasperl und Seppel. Hoffentlich hatte es mit den beiden kein Unglück gegeben!

Von Zeit zu Zeit blickte Großmutter auf die Pendeluhr an der Wand. „Schon halb neun – und noch immer kein Lebenszeichen von ihnen! Langsam kommt mir die Sache spanisch vor."

Großmutter strickte weiter – zwei glatt, zwei verkehrt – zwei glatt, zwei verkehrt.

Da klopfte es an das Fenster. Sie griff sich ans Herz und legte das Strickzeug weg.

„Ist da wer?"

„Ja", sagte Kasperl draußen. „Wir haben uns leider ein bisschen verspätet. Nicht böse sein!"

Großmutter öffnete ihnen die Haustür.

„Dass ihr nur endlich da seid! Ihr könnt einem aber auch richtig Angst machen!"

Kasperl fiel Großmutter um den Hals und küsste sie ab, dass sie kaum noch Luft bekam.

Unterdessen schlich Seppel mit Hotzenplotz heimlich die Treppe hinauf.

„Aufhören, Kasperl, aufhören!"

Großmutter rümpfte die Nase und wand sich los von ihm.

„Nicht genug, dass man halbe Nächte lang auf euch warten muss – jetzt stinkst du auch noch nach Knoblauch! Wo habt ihr euch bloß herumgetrieben?"

„Das ist eine lange Geschichte, Großmutter: Morgen ist auch ein Tag."

Kasperl gähnte so herzzerreißend, dass Großmutter meinte, er werde den Mund überhaupt nicht mehr zukriegen.

„Wollt ihr nicht wenigstens einen Happen zu Abend essen? Ihr müsst doch hungrig sein."

„Hungrig? Wir sind bloß müde und wollen ins Bett – das ist alles."

„Dann also gute Nacht", sagte Großmutter. „Und vergiss nicht die Zähne zu putzen! Ich werde noch ein paar Nadeln herunterstricken, dann mache ich auch Schluss."

Seppel erwartete Kasperl mit Hotzenplotz in der Schlafstube. „Hat sie Verdacht geschöpft?"

„Großmutter?" Kasperl legte von innen den Riegel vor. „Großmutter hat gemerkt, dass ich Knoblauch gegessen habe, sonst nichts."

Hotzenplotz hängte den Räuberhut an den Kleiderhaken neben der Tür. Er löste den Gürtel, er knöpfte die Weste auf.

„Wenn ich nur wüsste, wie ich euch danken soll!"

Ehe die Freunde ihn daran hindern konnten, zog er die Schnupftabaksdose hervor und bediente sich nicht zu knapp daraus.

Es geschah, was geschehen musste.

Hotzenplotz nieste aus Leibeskräften. Die Fenster klirrten, die Lampe schepperte, Großmutter kam die Treppe heraufgekeucht.

„Kasperl!", rief sie. „Bist *du* es, der da so schrecklich niest?"

Kasperl hielt sich mit Daumen und Zeigefinger die Nase zu.

„Entschuldige bitte!" Es hörte sich an, als hätte er starken Schnupfen. „Ich muss mich erkältet haben."

Hotzenplotz nieste weiter.

„Soll ich dir etwas zum Schwitzen eingeben?", fragte Großmutter draußen. „Wie wäre es mit Kamillentee?"

„Nein, nein", wehrte Kasperl ab. „Ich fühle mich schon bedeutend besser ..."

Hotzenplotz nieste zum dritten Mal, Seppel hatte ihm rechtzeitig Kasperls Bettdecke über den Kopf geworfen.

„Du hörst ja, es lässt schon nach."

„Wie du meinst, Kasperl."

Großmutter wünschte ihm gute Besserung. Die Freunde warteten, bis sie die Treppe hinuntergestiegen war und die Wohnstubentür hinter sich geschlossen hatte; dann befreiten sie ihren Gast von der Decke.

„Das Schnupfen sollten Sie sich von jetzt an verkneifen, Herr Hotzenplotz!", sagte Kasperl. „Kein Mensch darf erfahren, dass Sie in diesem Haus sind – nicht einmal Großmutter!"

Hotzenplotz war zerknirscht.

„Von jetzt an", versprach er den Freunden, „sollt ihr mal hören, wie furchtbar leise ich sein kann, zum Donnerwetter!"

Er ballte die Faust – und wäre Seppel ihm nicht in den Arm gefallen, so hätte er zur Bekräftigung auf den Tisch gehauen.

„Gehen wir lieber schlafen!", schlug Kasperl vor.

Seppel und er krochen in die Betten, für Hotzenplotz war auf dem Sofa Platz.

„Es wird Ihnen hoffentlich nicht zu kurz sein?"

„Im Gegenteil! Nur meine Beine sind etwas zu lang dafür, aber das tut nichts. Bis morgen also!"

„Bis morgen, Herr Hotzenplotz!"

Eine unruhige Nacht

Kasperl machte das Licht aus. Er legte sich auf den Rücken, verschränkte die Arme im Nacken und dachte nach. Wenn sie versuchen wollten, Herrn Dimpfelmoser von Hotzenplotz' Unschuld zu überzeugen, mussten sie schleunigst herausbekommen, was mit der magischen Kugel geschehen war.

„Gleich nach dem Frühstück gehen wir zu Frau Schlotterbeck", nahm er sich vor. „Wenn wir Glück haben, finden wir etwas in ihrem Haus, das uns weiterhilft ..."

Über solchen Gedanken schlief Kasperl ein und begann zu träumen. Er sah sich im Traum durch Frau Schlotterbecks Garten gehen. Von Wasti begleitet, kam ihm die Witwe entgegengeschlurft: im Morgenrock und in Filzpantoffeln, mit Lockenwicklern im Haar und, wie konnte es anders sein, eine dicke Zigarre im Mund.

Sie paffte so wild drauflos, dass der Qualm immer dichter wurde, bis sie mit Wasti darin verschwand. Dann fegte ein Windstoß den Rauch davon – und o Wunder: Frau Schlotterbeck hatte sich in die Fee Amaryllis verwandelt! In all ihrer goldenen Pracht und Herrlichkeit stand sie vor Kasperl und winkte ihm mit der Hand.

Von Wasti war weit und breit nichts zu sehen.

Ein kleiner Feuer speiender Drache ringelte sich zu Füßen der Fee im Gras. Er blähte die Nüstern und rollte die Augen. Dann und wann brach er in ohrenbetäubendes Fauchen und Pfeifen aus.

Kasperl verschwendete keine Zeit darauf sich zu wundern.

„Das trifft sich ja ausgezeichnet!", rief er. „Sie wissen nicht zufällig, wer Frau Schlotterbecks Kugel gestohlen hat?"

Leider konnte die Fee ihm das auch nicht sagen.

„Ich weiß aber etwas anderes", meinte sie.

„Was denn?"

„Ich weiß, was ihr tun müsst, um Wasti von seiner Missgestalt zu erlösen."

„Im Ernst?", staunte Kasperl.

Die Fee Amaryllis nickte ihm freundlich zu.

„Gebt ihm von einem bestimmten Kraut – und alles wird gut sein."

„Von welchem Kraut?", wollte Kasperl wissen.

„Du kennst es, mein Lieber. Ich brauche dir bloß ein einziges Wort zu sagen – gib Acht …"

Bevor sie den Satz vollenden konnte, schnaubte der Feuer speiende Drache so grässlich auf, dass Kasperl davon erwachte: Hotzenplotz schnarchte auf seinem Sofa, als wollte er einen ganzen Eichenwald kurz und klein sägen.

Großmutter, die einen leichten Schlaf hatte, kam an die Tür gelaufen und klopfte.

„Aufwachen, Kasperl! Willst du mich um den Verstand schnarchen?"

„Ich?", fragte Kasperl.

„Dann muss es der Seppel sein! Hast du ihn etwa mit deinem Schnupfen angesteckt?"

„Schon möglich, Großmutter. Wundert dich das vielleicht?"

„In diesem Hause wundert mich bald überhaupt nichts mehr", sagte Großmutter. „Kannst du mir bitte verraten, wie man bei dem Geschnarche schlafen soll?"

„Du könntest dir ja die Ohren mit Watte voll stopfen", meinte Kasperl. „Oder du nimmst ein Schlafmittel. Hast du nicht Baldriantropfen im Küchenschrank?"

„Baldriantropfen? – Gut, ich versuche es mal damit. Wenn es Seppel bis morgen nicht besser geht, muss der Doktor her."

Kasperl war froh, als er hörte, wie Großmutter sich entfernte. Auch er hätte Baldriantropfen nötig gehabt, denn Hotzenplotz schnarchte lustig weiter.

Worauf hatten Seppel und er sich da eingelassen!

Kasperl hielt sich die Ohren zu. Es glückte ihm mit der Zeit, wieder einzuschlafen – doch leider erschien ihm die Fee Amaryllis kein zweites Mal: Und er hätte doch gar zu gern noch von ihr gehört, welches Kraut sie gemeint hatte.

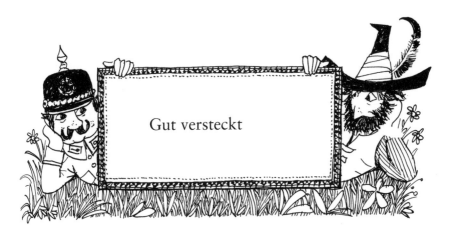

Gut versteckt

Es musste wohl an den Baldriantropfen liegen, weil Großmutter sich am anderen Morgen weder vom Rasseln des
Weckers stören ließ, noch vom Klingeln der Zeitungsfrau.
Den Freunden war es nur recht, dass sie heute länger aus-
schlief als sonst.

Zum Frühstück setzten sie Hotzenplotz zwölf gebratene
Eier vor. Hernach packte Kasperl ein Brot für ihn ein, ein
Stück Speck, ein Stück Käse und eine geräucherte Kümmel-
wurst.

„Damit Sie uns nicht verhungern, Herr Hotzenplotz –
und jetzt kommen Sie bitte, wir müssen Sie umquartieren.
Wenn Seppel und ich aus dem Haus gehen, könnte es sein,
dass Großmutter Sie hier oben entdeckt."

„Wieso?"

„Weil sie jeden Morgen heraufkommt, die Betten lüftet
und alles aufräumt."

„Dann werde ich eben so lange im Schrank verschwin-
den", schlug Hotzenplotz vor.

„Da kennen Sie Großmutter aber schlecht! Einen Blick in
den Schrank tut sie allemal."

„Und wenn ich mich unterm Sofa verkrieche?"

„Dort stöbert Sie Großmutter mit dem Besen auf, wenn sie ausfegt."

Hotzenplotz stieß einen Fluch aus.

„Großmutter wird mir langsam unheimlich! Habt ihr denn keinen Winkel im ganzen Haus, wo man vor ihr sicher ist?"

Kasperl und Seppel führten ihn in den Kartoffelkeller.

„Heute ist Freitag", erklärte Kasperl. „Da gibt es zu Mittag bei Großmutter Apfelstrudel mit Zimt und Zucker."

„Was hat das mit mir zu tun?"

„Mehr als Sie glauben, Herr Hotzenplotz!"

Kasperl hatte sich alles genau überlegt.

„Weil man zum Apfelstrudel keine Kartoffeln braucht, wird es Großmutter heute bestimmt nicht einfallen in den Kartoffelkeller zu gehen. Ist das nicht klar wie Schuhwichse?"

Hotzenplotz war nicht gerade erbaut von dem neuen Versteck. Es war finster hier unten und kühl – und wie muffig roch es in diesem Kellerloch! „Wenn ich wenigstens ab und zu eine Prise Schnupftabak nehmen könnte …"

„Bloß nicht, Herr Hotzenplotz!"

Kasperl wehrte mit beiden Händen erschrocken ab.

„Essen Sie lieber von Zeit zu Zeit ein Stück Brot und ein bisschen Speck – oder schnuppern Sie an der Kümmelwurst! Es dauert ja höchstens bis heute Abend!"

„Wenn Großmutter aber trotzdem kommt?"

„Dann kriechen Sie unter die leeren Kartoffelsäcke und tun keinen Mucks – dort wird niemand nach Ihnen suchen."

„Ist gut", brummte Hotzenplotz. „Haltet ihr mir den Daumen?"

„Das sowieso!"

Kasperl und Seppel schlossen den Keller von außen ab. Sie holten den Gartenschlauch aus dem Schuppen und setzten die Wege um Großmutters Haus unter Wasser: Selbst Wasti mit seiner Spürnase sollte nicht merken, dass Hotzenplotz in der Nähe war.

Dann legten sie einen Zettel aufs Küchenfenster:

Sind bei
Frau Schlotterbeck
freuen uns auf den Apfelstrudel
Auf Wiedersehen bis heute Mittag.
P.S. Falls es später wird —
keine Sorge Großmutter!

Nur ein
paar Fragen …

Eigentlich hatte Kasperl sich vorgenommen Seppel davon zu berichten, dass ihm die Fee Amaryllis im Traum erschienen war; aber nun hatten sie andere Dinge im Kopf und die waren entschieden wichtiger.

An Frau Schlotterbecks Gartentor trafen sie mit Herrn Dimpfelmoser und Wasti zusammen, die beide in höchster Eile waren.

„Jetzt geht es dem Räuber Hotzenplotz an den Kragen! Der Bursche kann sich auf was gefasst machen, wenn wir zwei ihn erwischen – und wir erwischen ihn!"

„Dann viel Glück!", meinte Kasperl. „Wo wollen Sie mit der Jagd denn beginnen?"

„Im Wald bei der Räuberhöhle. Dort nehmen wir seine Spur auf – und spätestens heute Abend sitzt er im Loch."

„Waff-waff!", machte Wasti, wobei er voll Ungestüm an der Leine zerrte. „Für mich und die Polizei ist das eine Kleinigkeit."

Frau Schlotterbeck saß im Lehnstuhl neben dem Fenster, umwölkt von Zigarrenrauch; kaum dass sie Kasperls und Seppels Gruß erwiderte.

„Bitte, Frau Schlotterbeck – Seppel und ich hätten ein paar Fragen an Sie …"

„Ein paar Fragen?"

„Wir müssen herauskriegen, wer Ihre Kugel tatsächlich gestohlen hat."

Frau Schlotterbeck schob die Zigarre aus einem Mundwinkel in den anderen.

„Hotzenplotz ist es gewesen – und niemand sonst!"

„Wer sagt das?"

„Die Polizei sagt es – und ich auch. Räuber bleibt Räuber!"

„Seppel und ich sind da anderer Ansicht", entgegnete Kasperl. „Herr Dimpfelmoser ist nicht der Doktor Allwissend. Sie sollten mal Ihre Karten um Rat fragen."

„Meine Karten?" Frau Schlotterbeck winkte traurig ab. „Man kann zwar für andere Leute wahrsagen, aber nicht für sich selber. Ob Karten, ob Kaffeesatz: Wo es um meine eigenen Dinge geht, ist da nichts zu machen."

„Schade!", rief Kasperl. „Dann müssen wir eben zusehen, ob Sie uns nicht auf andere Weise helfen können! Was haben Sie denn Herrn Dimpfelmoser schon alles zu Protokoll gegeben?"

Frau Schlotterbeck schnappte die Asche von der Zigarre.

„Muss ich euch wirklich die ganze Geschichte noch einmal erzählen?"

„Auf jeden Fall!", sagte Seppel.

„Na schön – dann hört zu!"

Frau Schlotterbeck schloss die Augen und sammelte ihre Gedanken.

„Vorgestern Abend", begann sie, „habe ich die Kristallkugel auf dem Tisch in der Wohnstube liegen lassen – der Einfachheit halber. Ihr wisst ja, dass ich Herrn Dimpfelmoser versprochen hatte, die Überwachung des Räubers am Morgen fortzusetzen."

„Wollten Sie nicht den Wecker eigens auf vier Uhr früh stellen?", fragte Kasperl.

„Das war ja der große Fehler!"

„Wie sollen wir das verstehen, Frau Schlotterbeck?"

„Weil es um diese Stunde im Herbst noch dunkel ist – und das hatte ich nicht bedacht."

Sie tat ein paar Züge an der Zigarre, bevor sie mit einem Seufzer fortfuhr:

„Da ich schon einmal wach war, habe ich Wasti das Frühstück zurechtgemacht: gelbe Rüben mit Zwiebelringen und Petersilie, eine ganze Schüssel voll. Dann habe ich ihm die Haustür geöffnet, wie jeden Morgen und habe mich in den Lehnstuhl gesetzt um das Tageslicht abzuwarten."

„Und dann?", fragte Kasperl.

Frau Schlotterbeck senkte den Blick.

„Nun ja – ich bin eingeschlafen", gestand sie den Freunden. „Und als ich erwachte, es mag gegen neun gewesen sein, war die Kugel vom Tisch verschwunden. Hotzenplotz muss sie mir unterdessen gestohlen haben."

„Und Wasti? Wieso hat er nicht gebellt?", hakte Kasperl ein. „Er hätte den Räuber doch fassen müssen!"

Frau Schlotterbeck griff nach dem Aschenbecher und drückte den Rest der Zigarre aus.

„Wenn ich schlafe, dann schlafe ich. Kann es nicht sein, dass auch Wasti sich nach dem Frühstück noch einmal zur Ruhe gelegt hat? Wer will ihm das übel nehmen, dem braven Hundchen!"

Polizei! Polizei!

Kasperl und Seppel machten Frau Schlotterbeck klar, dass sie das Haus von Grund auf durchsuchen mussten. Es konnte ja sein, dass Herrn Dimpfelmoser ein wichtiger Hinweis entgangen war.

Der Witwe war alles recht. „Hauptsache, dass die Kugel gefunden wird! Ohne sie bin ich eine Würstelfrau ohne Würstel – falls ihr versteht, was ich damit sagen will."

Kasperl und Seppel durchsuchten das Haus vom Dachboden bis zum Keller. Sie guckten in jeden Schrank und in jeden Ofenwinkel. Unter Frau Schlotterbecks Lehnstuhl schauten sie nach, in der Wäschetruhe, im Nähkörbchen, in der Zigarrenkiste und auf dem Wandbord, wo das Geschirr stand.

Es ging schon auf elf und noch immer hatten sie nichts entdeckt – da kam Großmutter angerannt.

„Polizei!", rief sie. „Polizei! Ist Herr Dimpfelmoser nicht hier? Ich muss eine Anzeige machen, man hat mich bestohlen, ich bin beraubt worden! Polizei! Polizei!!"

Sie war vollkommen aus dem Häuschen, Kasperl und Seppel rückten ihr einen Stuhl zurecht.

„Erst mal hinsetzen, Großmutter – und dann schön mit der Ruhe!"

Großmutter pustete sich das Haar aus der Stirn.

„Dieser Hotzenplotz! Ist der Kerl doch in meinem Garten gewesen und hat mir …"

Sie schnappte nach Luft.

„Zwei Kürbisse hat er mir vom Kompost gestohlen!"

„Zwei – Kürbisse?"

„Vorgestern waren noch alle zwanzig da – und jetzt fehlen zwei! Zwei von den kleineren."

„Hast du sie etwa gezählt?", fragte Kasperl.

„Ich zähle sie jeden zweiten Tag", sagte Großmutter. „Ist es nicht eine Schande, dass Hotzenplotz frei herumläuft und Kürbisse stiehlt? Herr Dimpfelmoser muss ihn sofort verhaften!"

„Sie sprechen mir aus der Seele!", ereiferte sich Frau Schlotterbeck. „Zustände sind das – da kann man sich bloß noch schütteln!"

Kasperl und Seppel schüttelten sich vor Lachen.

„Wollt ihr mir bitte verraten", rief Großmutter, „wie ich mir euer dummes Gelächter erklären soll?"

„Gern!", sagte Kasperl. „Herr Hotzenplotz hat mit den Kürbissen nichts zu tun – das sind Seppel und ich gewesen!"

Großmutter fiel aus allen Wolken. „Ihr beiden, sagst du?"

„Wir haben sie Wasti gegeben. Wer konnte denn ahnen, dass du die Dinger gezählt hast!"

„Das wird seine Gründe haben", erwiderte Großmutter. „Jedenfalls züchte ich meine Kürbisse nicht für Wasti, merkt euch das!"

„Aber ihm schmecken sie wenigstens!", hielt ihr Seppel entgegen. „Den einen hat er im Handumdrehen verschnurpst – und den zweiten, das hättest du sehen müssen: Mit dem hat er Schnauzball gespielt! Ich sage dir, Großmutter …"

„Schnauzball?", rief Kasperl wie von der Wespe gestochen. „Schnauzball!"

Bei Seppels Bericht war ihm ein Gedanke gekommen.

„Wollen Sie wissen, Frau Schlotterbeck, wer die Kugel vom Tisch geholt hat? Sie werden staunen!"

Alles in
schönster Ordnung?

Kasperl flitzte zur Tür hinaus, in den Garten. Frau Schlotterbeck, Seppel und Großmutter rannten ihm hinterdrein.

„Was hat er bloß? Warum kriecht er in Wastis Hütte, Seppel?"

„Das wird sich gleich zeigen, Frau Schlotterbeck."

Kasperl war in der Hundehütte verschwunden. Sie hörten, wie er das Stroh durcheinander wühlte – dann rief er:

„Ich hab sie! Ich habe sie!"

Rücklings kam er herausgekrochen. Er hielt in den Händen – Frau Schlotterbecks Wunderkugel. „Ist sie das?"

„Ja, das ist sie!"

Frau Schlotterbeck brach in Tränen aus.

„Darauf wäre ich nie im Leben gekommen, hu-huuu, dass Wasti, mein liebes Wastihundchen …"

„Er muss sie für einen Kürbis gehalten haben", erklärte Kasperl. „Das dürfen Sie ihm nicht übel nehmen."

„Wie könnte ich!", schluchzte Frau Schlotterbeck. „Was für ein Glück, dass er nicht versucht hat sie aufzufressen! Er hätte sich sämtliche Zähne ausbeißen können, mein armer Schnuckiputz!"

Prüfend hielt sie die Kugel gegen das Sonnenlicht.

„Kein Sprung, wie ich sehe und keine Schramme ... Bloß eingetrübt hat sie sich durch und durch, seit Wasti sie aus der Stube gerollt hat. Es wird ein paar Tage dauern, bis man sie wieder verwenden kann – aber das nehme ich gern in Kauf."

Frau Schlotterbeck trocknete sich mit dem Saum des Morgenrockes die Lider.

„Es steht also fest", sagte Kasperl, „dass Hotzenplotz

weder Frau Schlotterbecks Kugel gestohlen hat – noch Großmutters Kürbisse. Das wird selbst die Polizei nicht bezweifeln können!"

„Und deshalb", rief Seppel, „sollten wir Hotzenplotz schleunigst aus seinem Versteck herausholen! Lang genug hat er im Kartoffelkeller gesessen."

„Wo?", fragte Großmutter.

Kasperl und Seppel berichteten, was sie mit Hotzenplotz gestern und heute erlebt hatten: Wie er sie überzeugt hatte, dass es ihm mit den guten Vorsätzen ernst war – und wie sie versucht hatten ihn vor Herrn Dimpfelmoser zu schützen.

„Dann aber nichts wie los!", rief Großmutter. „Wenn ich mir vorstelle, dass er seit heute Morgen im Keller hockt – das ist fast so schlimm wie im Spritzenhaus!"

Kasperl und Seppel rannten den alten Damen voraus. Das hintere Gartentürchen stand offen, es fiel ihnen in der Eile nicht weiter auf. Sie stürmten ins Haus und riefen:

„Herr Hotzenplotz! Alles in schönster Ordnung, Sie können rauskommen!"

Vor der Tür zum Kartoffelkeller machten sie Halt. Das Schloss war herausgebrochen, von innen musste sich jemand dagegengeworfen haben.

„Verflixt!", meinte Kasperl. „Das sieht nicht gut aus …"
Sie stolperten Hals über Kopf in den Keller, sie blickten sich um.

„Hören Sie uns, Herr Hotzenplotz?"
Keine Antwort.

„Sie brauchen sich nicht zu fürchten – wir sind das!"
Kasperl und Seppel warfen die leeren Kartoffelsäcke bei-

seite. Sie schauten in alle Ecken, in jeden Winkel: Der Keller war leer.

Da entdeckten sie an der Wand eine Inschrift.

Mit einem Stück Kohle hingekritzelt, stand da in großen, unbeholfenen Buchstaben:

HAABEMIRS ÜHBERLEGDT. WERDE GOLDTSUCHER IN AMERIGA. SEIDT NICH BÖSE, ES PLEIBT MIER NIX ANDERES ÜHPRIK.

HODSENABLODZ

Hierher, Wasti!

Kasperl und Seppel lasen die Inschrift einmal, sie lasen sie zweimal und dreimal – es blieb dabei. Was da geschrieben stand: Hotzenplotz hatte es tatsächlich hingekritzelt, mit eigener Hand.

Eine schöne Bescherung!

„Was mag er sich bloß gedacht haben?", fragte Seppel. „Wo wir ihm doch versprochen haben, dass wir ihm helfen wollten!"

„Weit kann er noch nicht sein", meinte Kasperl. „Wir müssen ihm nach um ihn zur Vernunft zu bringen! Jetzt kommt es auf jede Minute an!"

Sie sausten die Kellertreppe hinauf. Fast hätten sie Großmutter und Frau Schlotterbeck, die gerade das Haus betraten, über den Haufen gerannt.

„Was ist denn in euch gefahren? Könnt ihr nicht aufpassen?"

Kasperl hielt sich nicht lange mit einer Erklärung auf.

„Hotzenplotz!", rief er. „Er will nach Amerika!"

Großmutter und Frau Schlotterbeck blickten den Freunden kopfschüttelnd nach.

„Ob sie jemals gescheit werden, diese beiden? Es ist

schon ein Kreuz mit ihnen – das lassen Sie sich von mir gesagt sein, Frau Schlotterbeck!"

Wohin sollten Kasperl und Seppel sich wenden? Drei Landstraßen gab es, die aus dem Städtchen ins Weite führten, nach Süden, Norden und Osten – und mehr als ein Dutzend Feldwege.

„Zählen wir's an den Knöpfen ab", meinte Seppel. „Man kann ja nicht riechen, wohin er gegangen ist."

„Riechen ist gut!", sagte Kasperl.

„Wir müssen sofort in den Wald zu Herrn Dimpfelmoser und Wasti holen – dann sollst du mal sehen, wie rasch er uns auf die Spur führt!"

Um in den Wald zu kommen, mussten sie durch das halbe Städtchen laufen. Neben dem Eingang zur Polizeiwache hatte Herr Dimpfelmoser sein Fahrrad abgestellt.

„Mensch!", sagte Kasperl. „Das Ding kommt uns wie gerufen – damit gewinnen wir eine Menge Zeit!"

Das Rad war am Ständer festgebunden.

Wenn schon! Wozu hatte Kasperl ein Taschenmesser?

Ritsch-ratsch, war der Bindfaden durchgeschnitten.

Nun brausten sie los wie die wilde Jagd: Kasperl im Sattel, Seppel auf dem Gepäckträger.

„Acht geben, dass du nicht runterfällst!"

Sie fuhren ein paarmal die Waldstraße auf und ab. Kasperl betätigte mit der Linken die Fahrradklingel, bis ihm der Daumen weh tat – und beide schrien aus voller Kehle:

„Herr Dimpfelmoser! Herr Dimpfelmoserl Kommen Sie! Kommen Sie!" – Ob Herr Dimpfelmoser sie hörte?

Sie wurden vom vielen Schreien allmählich heiser, da ließ

sich von ferne ein Hund vernehmen: „Waff-waff!", scholl es durch den Wald.

„Das muss Wasti sein!"

Kasperl pfiff auf zwei Fingern, Seppel rief:

„Hierher, Wasti! Zu uns her!"

Rasch kam das Bellen näher. Schon hörten sie Zweige knacken, schon rauschte es in den Büschen am Straßenrand: Wasti kam aus dem Dickicht hervorgeprescht.

Hechelnd sprang er an Kasperl und Seppel hoch – dann ließ er von ihnen ab und brach in ein jämmerliches Gewinsel aus.

„Was hast du denn?", fragte Kasperl.

„Wa-huuu!", jaulte Wasti. „Wa-huuu, wa-huuuh!"

Er klemmte den Schwanz ein, er lief ein paar Schritte von ihnen weg – in die Richtung, aus der er gekommen war. Dann machte er kehrt, kam zurückgelaufen und jaulte aufs Neue los.

Das Spiel wiederholte sich etliche Male.

Kasperl und Seppel konnten sich nicht erklären, was es bedeuten sollte – bis ihnen etwas auffiel, was sie bisher übersehen hatten:

Die Hundeleine!

Wasti schleifte sie auf dem Waldboden hinter sich her.

Da ging Kasperl ein Licht auf.

„Wo hast du Herrn Dimpfelmoser gelassen? Ist ihm was zugestoßen?"

„Waff-waff!", bellte Wasti, als habe er nur auf Kasperls Frage gewartet. „Waff-waffwaffwaff!"

Rettung
aus höchster Not

Die Freunde schoben das Fahrrad hinter den nächsten Haselstrauch. Kasperl ergriff die Hundeleine und Wasti zerrte ihn durch den Wald: an der Räuberhöhle vorbei, über Stock und Stein, an den Rand des Moores.

Draußen im Moor stand Herr Dimpfelmoser und schrie um Hilfe.

Er fuchtelte mit den Armen, der Helm war ihm über die Ohren gerutscht, sein Gesicht war von Angst gerötet.

„Heda!", rief Kasperl. „Was ist denn mit Ihnen los?"

„Seht ihr nicht, dass ich im Dreck stehe? Helft mir raus da, sonst ist es um mich geschehen!"

Auf der Suche nach Hotzenplotz musste Wasti die Spur von gestern erwischt haben.

Das war Kasperl und Seppel klar.

Und Herr Dimpfelmoser?

Er hatte vermutlich im Eifer den Weg verfehlt; da genügte ein halber Schritt und man saß in der Patsche.

„Warten Sie bitte – wir kommen, so rasch es geht!"

Vorsichtig tasteten sich die Freunde ins Moor hinaus. Nur keine blinde Hast jetzt! Bei jedem Tritt hieß es höllisch aufpassen.

„Schnell!", rief Herr Dimpfelmoser. „Wenn ihr nicht schnell macht, versacke ich hier mit Haut und Haar! Wer soll dann den Räuber fangen – und wie soll Frau Schlotterbeck ihre Kugel zurückbekommen?"

„Da können Sie ganz beruhigt sein", meinte Kasperl. „Frau Schlotterbecks Kugel haben wir längst gefunden. Nicht Hotzenplotz hat sie ihr weggemopst, sondern Wasti. Was sagen Sie nun?"

Herr Dimpfelmoser hatte im Augenblick andere Sorgen. Er steckte bis über die Waden im Schlamm – und mit jeder Sekunde, das spürte er, sank er tiefer ein.

„Wollt ihr zusehen, wie ich vom Moor verschluckt werde? Helft mir raus da, ihr beiden – helft mir doch!"

Kasperl verzog keine Miene.

„Eins nach dem anderen. Reden wir erst mal von Hotzenplotz."

„Als ob das nicht Zeit hätte!", rief Herr Dimpfelmoser. „Ich bitte dich!"

„Eben nicht!", widersprach ihm Kasperl. „Hotzenplotz hat die Kristallkugel nicht geraubt, das ist klar erwiesen. Geben Sie uns Ihr Wort, dass Sie ihn von jetzt an in Frieden lassen?"

„Mein großes, amtliches, ortspolizeibehördliches Ehrenwort – wenn ihr mich nur herauszieht!"

„Topp!", sagte Kasperl.

Er packte Herrn Dimpfelmoser an beiden Handgelenken, Seppel hakte die Finger in Kasperls Gürtel und Wasti, nicht faul, schnappte Seppel beim Hosenträger.

„Hau – ruck! Hau – ruck!"

Ein schweres Stück Arbeit war es, Herrn Dimpfelmoser

aus dem Morast zu zerren – aber sie schafften es schließlich doch. Freilich: Die Stiefel und seine Strumpfsocken blieben im Moor zurück, das war nicht zu ändern.

„Barfuß am Leben ist auch was wert", stellte Kasperl fest.

Herr Dimpfelmoser wischte sich mit dem Ärmel den Schweiß von der Stirn.

„Ich danke euch – das war Rettung aus höchster Not! Und was nun?"

Sie führten ihn an den Rand des Moores zurück.

„Nun gehen Sie bitte nach Hause, Herr Dimpfelmoser,

und nehmen ein heißes Fußbad – damit Sie uns keinen Schnupfen kriegen."

„Und ihr?"

„Wir beiden und Wasti erledigen alles Übrige. Wenn wir Glück haben, kann da nichts mehr schief gehen."

„Waff!", machte Wasti. „Waff! Waff!"

Das bedeutete in der Hundesprache:

„Verlassen Sie sich darauf, Herr Hauptwachtmeister!"

Bergauf und bergab

Sie ließen Herrn Dimpfelmoser im Walde stehen und rannten zur Straße, wo sie das Fahrrad bestiegen. Seppel nahm Wasti auf dem Gepäckträger mit – und ab ging es, was die Pedale hergaben.

Am hinteren Türchen zu Großmutters Garten setzten sie Wasti auf alle Viere und Kasperl schlang sich das Ende der Hundeleine fest um das linke Handgelenk.

„Such Hotzenplotz, Wasti! Such Hotzenplotz!"

Der Krokodilhund ließ sich nicht lange bitten. Er schnupperte dahin, er schnupperte dorthin; dann stieß er ein kurzes, scharfes Gebell aus: „Wäff-wäff!" – und schon wetzte er los, dass Kasperl sich ganz schön abstrampeln musste um mit ihm Schritt zu halten.

Sie folgten fürs Erste der Landstraße, die nach Norden führte, obgleich ja Amerika, wie sie wussten, in westlicher Richtung lag – dann bog Wasti auf einen Feldweg ein.

Kasperl war nahe daran, erschöpft aus dem Sattel zu kippen.

„Lass mich mal!", bat Seppel.

Von jetzt an wechselten sie die Plätze in immer kürzeren Abständen.

Wasti hingegen blieb munter und frisch, er rannte auf seinen kurzen Beinen dahin wie mit Siebenmeilenstiefeln.

Sie fuhren durch Wald und Feld: Eine Weile bergauf, eine Weile bergab, eine Weile durch flaches Land – und plötzlich bemerkten die Freunde, dass sie in eine Gegend geraten waren, die sie von früher kannten.

„Guck mal!", rief Kasperl.

Er zeigte auf eine Dornenhecke, die sich um einen Haufen geborstener Mauersteine und Ziegel rankte. Schaudernd warfen sie einen Blick auf die traurigen Über-

reste von Petrosilius Zwackelmanns einstigem Zauber-
schloss.

„Weißt du noch, wie wir für ihn Kartoffeln geschält
haben?", fragte Seppel. „Gut, dass er hin ist, der große und
böse Zauberer Wackelzahn!"

Nun schlug Wasti den Weg nach der Hohen Heide ein.

Welch eine Überraschung für Kasperl!

Ob es die alte Wetterfichte noch gab, die einsam neben
dem schwarzen Teich stand? Dort hatte er damals gesessen
und auf den Mond gewartet.

„Du kannst dir nicht vorstellen, Seppel, wie froh ich war, als mir das Feenkraut unter der Fichte entgegenschimmerte: lauter silbrige, zarte Stängel mit silbrigen, zarten Blättchen ...“

Kasperl geriet ins Schwärmen.

„Ein winziger Büschel davon hat genügt um die Fee Amaryllis aus ihrer Verzauberung zu erlösen – nach sieben Jahren im Unkenpfuhl! – Übrigens ist sie mir gestern im Traum erschienen. Und weißt du, was sie gesagt hat?“

„Vorsicht!“, rief Seppel. „Gleich rumpeln wir an den nächsten Baum!“

Kasperl konnte gerade noch ausweichen.

„Reichlich knapp!“, meinte Seppel. „Statt an die Träume von gestern Nacht zu denken, solltest du lieber ein bisschen mehr auf den Weg achten!“

Auf der
Hohen Heide

Die Sonne war eben untergegangen, als Kasperl und Seppel verschwitzt und müde zur Hohen Heide kamen. An einen Steinblock gelehnt, saß ein Mann im Heidekraut. Gegen den hellen Abendhimmel hob er sich deutlich ab: Er trug einen Räuberhut auf dem Kopf – und am Hut eine lange Feder.

„Herr Hotzenplotz!"

Kasperl und Seppel sprangen vom Rad und dann nichts wie hin zu ihm!

„Warum sind Sie weggelaufen, Herr Hotzenplotz – wo doch nun alles in Butter ist! Wollen Sie nicht zurückkommen?"

Hotzenplotz rieb sich das Kinn, dass die Bartstoppeln knisterten.

„Habt ihr gelesen, was ich euch an die Wand des Kartoffelkellers geschrieben habe?"

„Ach was!", meinte Kasperl. „Die Sache mit der Kristallkugel hat sich längst geklärt. Jetzt brauchen Sie keine Angst mehr zu haben – selbst vor der Polizei nicht!"

„Waff!", machte Wasti, als wollte er Kasperls Worte bekräftigen.

Hotzenplotz schob sich den Hut ins Genick.

„Ich weiß ja, ihr zwei meint es gut mit mir – aber alle anderen? Jede Gaunerei, die von jetzt an in dieser Gegend geschieht: Die Leute werden sie *mir* in die Schuhe schieben! Und damit noch nicht genug – oder könnt ihr mir raten, was ich in Zukunft tun soll? Ich meine das ganz im Ernst. Man muss schließlich von etwas leben, nicht wahr?"

Kasperl und Seppel beteuerten, dass sie darüber nachdenken wollten.

„Wir werden uns schon was einfallen lassen, Herr Hotzenplotz!"

Hotzenplotz lachte bitter auf.

„Das habt ihr Frau Schlotterbeck auch versprochen – und trotzdem ist Wasti noch immer ein Krokodil."

Was sollten die Freunde ihm darauf antworten?

„Alles braucht eben seine Zeit", meinte Kasperl. „Kann sein, dass wir mit der Kräuterkur noch Erfolg haben."

„Daran glaubst du doch selber nicht!"

Es war dunkel geworden ringsum – und bald ging der Mond auf: ein großer, gelber, fetter Septembermond, rund und voll.

Kasperl erinnerte sich an den Traum von der Fee Amaryllis, er fing zu erzählen an. Hotzenplotz, Seppel und Wasti hörten ihm schweigend zu; doch als Kasperl mit seiner Geschichte zu Ende gekommen war, packte ihn Seppel am Arm.

„Ich kann mir nicht helfen!", rief er. „Was sollte die Fee wohl gemeint haben, wenn nicht das Feenkraut?"

„Mensch!", sagte Kasperl. „Wie konnte ich bloß so

dumm sein, dass ich das nicht gemerkt habe! Wollen wir unser Glück mal versuchen, Wasti?"

Der Krokodilhund riss sich mit einem Ruck von der Leine los. Laut bellend rannte er zu der Wetterfichte am schwarzen Teich hinüber.

Zu Füßen des Baumes schimmerte ihm das Feenkraut silbrig entgegen. Er wühlte sich mit der Schnauze hinein – und mit einem Mal war die alte Fichte von unten bis oben in strahlendes Licht getaucht.

„Seht nur, seht nur!"

Es dauerte kaum einen halben Augenblick, dann hatte das Feenkraut seine Wirkung getan und der Schein erlosch.

Wasti Schlotterbeck war am längsten ein Krokodil gewesen. Als lustiger kleiner Langhaardackel kam er zurückgelaufen: mit wehendem Schwanz und schlackernden Ohren.

„Waff-waff-waffwaff!"

Seine Schnauze, sie sahen es voll Erstaunen, leuchtete durch die Nacht – wie mit Silberfarbe bestrichen. Er hatte, so schien es, vom Feenkraut etwas zu viel erwischt.

„Was sagen Sie nun, Herr Hotzenplotz?", fragte Kasperl.

„Nun sage ich überhaupt nichts mehr."

Hotzenplotz streichelte Wasti das Fell. Dann erhob er sich von der Heide und zog den Gürtel fest.

„Wisst ihr was?"

Damit legte er Kasperl den einen Arm um die Schulter und Seppel den anderen.

„Wenn ihr meint, dass ich lieber nicht nach Amerika gehen sollte, dann gehe ich eben nicht nach Amerika! Aber lasst euch gefälligst einen Beruf für mich einfallen, hört ihr – damit ich nicht eines Tages gezwungen bin wieder ein Räuber zu werden!"

Wasti nahm Kasperl und Seppel die Antwort ab. Er strich Hotzenplotz um die Waden und machte:

„Waff-waff!"

Das bedeutete in der Dackelsprache, dass er bereit war, für Kasperl und Seppel den Schwanz ins Feuer zu legen.

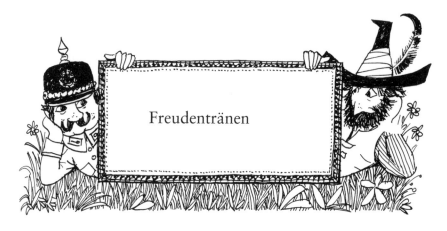

Freudentränen

Gegen Mitternacht kamen Kasperl und Seppel mit Wasti zu Hause an. Hotzenplotz hatte es vorgezogen zum Schlafen in seine Höhle zu gehen. Dort konnte er schnarchen, so laut er wollte, ohne dass Großmutter Baldriantropfen zu nehmen brauchte.

Das Fahrrad hatte er mitgenommen, er wollte es im Vorbeigehen an der Wache abstellen.

Großmutter saß in der Fensternische, sie war über ihrem Strickstrumpf eingenickt. Als Kasperl und Seppel ans Fenster klopften, schreckte sie auf.

„Was denkt ihr euch eigentlich?", rief sie. „Seit Mittag warte ich mit dem Apfelstrudel auf euch und ihr kommt nicht herzu!"

Sie tupfte sich mit dem Taschentuch Stirn und Schläfen. „Und der da? – Wo habt ihr den fremden Dackel aufgegabelt?"

„Ach, Großmutter!", sagte Kasperl. „Begreifst du nicht – das ist Wasti Schlotterbeck!"

„Wer?", fragte Großmutter.

„Ja – da staunst du wohl!"

Kasperl und Seppel berichteten, was auf der Hohen

Heide geschehen war. Das stimmte die alte Dame zusehends milder, sie holte den Apfelstrudel herbei.

„Er ist ja nun leider kalt geworden – aber ich könnte mir denken, dass er euch trotzdem schmeckt."

Während die beiden sich über den Strudel hermachten, kraulte Großmutter Wasti den Kopf und die Ohren.

Die Wanduhr holte zum Schlag aus.

„O Gott!", sagte Großmutter. „Mitternacht! Jetzt aber rasch ins Bett mit euch!"

Wasti verbrachte die Nacht auf dem Sofa in Kasperls und Seppels Schlafstube, weich gebettet auf einer vierfach zusammengelegten Daunendecke. Er schlief wie ein Murmeltier. Seine silbrige Schnauze erfüllte das Zimmer mit freundlichem Licht. Wenn Kasperl und Seppel zwischendurch einmal aufwachten, glaubten sie, dass es der Schein des Mondes sei, der den Raum erhellte.

Sie schliefen bis in den halben Vormittag.

Nach dem Frühstück begaben die Freunde sich zu Frau Schlotterbeck. „Bringt es ihr, bitte, so schonend wie möglich bei!", hatte Großmutter sie beschworen. Deshalb hatten sie Wasti in Großmutters Reisetasche gesteckt.

Frau Schlotterbeck öffnete ihnen das Gartentor.

„Ihr seid es?", fragte sie. „Eigentlich hatte ich ja Herrn Dimpfelmoser erwartet. Ich habe ihm Wasti geliehen, er wollte ihn spätestens heute Vormittag wieder zurückbringen. Na, kommt rein in die gute Stube!"

Die Freunde redeten mit Frau Schlotterbeck über das Wetter, sie sprachen von dem und jenem – bis Kasperl die Witwe beiläufig fragte, was sie wohl tun würde, wenn es sich eines Tages herausstellen sollte, dass Wasti wieder zu einem Dackel geworden sei.

„Da würde ich auf der Stelle ein großes Fest geben!", sagte Frau Schlotterbeck.

„Schön", meinte Seppel, „das soll ein Wort sein. Dann gucken Sie mal einen Augenblick weg!"

„Wieso?"

„Weil wir Ihnen was beibringen müssen. So schonend wie möglich, wissen Sie."

Frau Schlotterbeck drehte sich mit dem Gesicht zur Wand, Kasperl und Seppel öffneten Großmutters Reisetasche.

„Waff!", machte Wasti und strampelte sich heraus.

„Jetzt dürfen Sie wieder hergucken", sagte Kasperl.

Frau Schlotterbeck musste sich auf den Lehnstuhl stützen, ihr wankten die Knie. Vor Freude und Überraschung fing sie zu weinen an.

„Wasti!", schluchzte sie. „Wastilein! Komm zu Frauchen, mein Dacki-Dackelchen, lass dich ansehen!"

Lachend und weinend schloss sie ihn in die Arme, sie tanzte mit ihm durch die Stube, durch Küche und Flur, durch das ganze Haus. Kasperl und Seppel ließen sie eine Weile tanzen, dann fragten sie:

„Und das Fest?"

„Heute Nachmittag!", rief Frau Schlotterbeck. „Alle sind dazu eingeladen – Großmutter, ihr und Herr Dimpfelmoser!"

„Herr Hotzenplotz auch?", fragte Kasperl.

Frau Schlotterbeck wiegte Wasti im Arm wie ein Wickelkind.

„Wenn ihr meint – auch Herr Hotzenplotz!"

Ein Blick
in die Zukunft

Es wurde für alle ein großes und unvergessliches Fest. Frau Schlotterbeck hatte zur Feier des Tages den Morgenrock gegen ein langes seidenes Kleid vertauscht. Herr Dimpfelmoser verehrte ihr einen Blumenstrauß, Hotzenplotz eine Flasche Sliwowitz – und Großmutter legte drei von den mittleren Kürbissen auf den Tisch.

„Für später."

Frau Schlotterbeck hatte türkischen Mokka gekocht, es gab Berge von Streuselkuchen und Mohrenkrapfen.

Wasti saß auf dem Ehrenplatz an der Tafel, er trug eine blaue Schleife hinter dem linken Ohr. Frau Schlotterbeck hatte ihm eine Schüssel voll Salzgurken vorgesetzt, weil er trotz allem ein vegetarischer Dackel geblieben war.

Man aß und man trank, man beglückwünschte Wasti zu seiner Erlösung. Er dankte den Gratulanten mit einem vergnügten „Waffwaff!".

Schließlich schnitt Großmutter einen der Kürbisse an.

„Ich könnte mir denken, dass es ein guter Nachtisch ist. Wer mag kosten?"

Kasperl und Seppel taten ihr den Gefallen und griffen zu.

„Es sind Kürbisse", sagte Großmutter, „die ich eigens

gezüchtet habe – nach einem Geheimrezept meiner Schwiegertante."

Die Freunde bissen hinein und stutzten.

„Na?", fragte Großmutter. „Merkt ihr, wonach das schmeckt?"

„Ja", sagte Kasperl, „außen nach Schweizerkäse – und innen nach Rollmops."

Großmutter war entsetzt. „Nicht nach Schlagsahne?", rief sie. „Und nicht nach Himbeereis?"

„Nein", sagte Seppel.

„Dann muss ich den falschen Dünger verwendet haben!"

„Und?", meinte Kasperl. „Rollmops und Käse sind auch was Gutes – nach so viel Süßigkeiten!"

Frau Schlotterbeck stellte Teetassen auf den Tisch und füllte sie bis zum Rand mit Punsch.

„Trinken Sie, meine Lieben, trinken Sie – es soll Ihnen wohl bekommen!"

Ihr Blick fiel auf Hotzenplotz.

„Sie machen ja ein Gesicht wie ein saurer Hering. Haben Sie etwa Kummer?"

Der ehemalige Räuber kippte den Punsch hinunter.

„Wundert Sie das, Frau Schlotterbeck? Wenn ich an morgen denke, habe ich allen Grund dazu – wo ich doch nichts gelernt habe um mir auf ehrliche Weise mein Brot zu verdienen, verdammt noch eins!"

„Halb so schlimm!", rief Frau Schlotterbeck. „Wollen wir einen Blick in die Zukunft tun?"

„Wenn Sie das können ..."

Sie holte ein Kartenspiel aus der Truhe, dann schob sie die Tassen beiseite und legte die Karten auf.

„Dies hier", erklärte sie, „ist die grüne Sieben – und das ist der Eichel-Ober. Schräg gegenüber davon liegt der Schellen-König – und jetzt … Ja wahrhaftig, wer sagt's denn – jetzt kommt noch die rote Sau dazu! Wissen Sie, was das heißt?"

„Keine Ahnung."

„Das heißt", rief Frau Schlotterbeck, „dass Sie ein Wirtshaus aufmachen werden!"

„Ein – Wirtshaus?"

„Das Wirthaus ›Zur Räuberhöhle im Wald‹ – oder wüssten Sie einen besseren Namen dafür?"

Hotzenplotz rutschte mit seinem Stuhl zurück. Es fehlte nicht viel und er wäre nach hinten umgekippt. Dann schlug er sich vor den Kopf und begann zu lachen.

„Hö-höööh, das ist wirklich kein schlechter Gedanke, Frau Schlotterbeck! Ihre Karten sind unbezahlbar! Ein Wirtshaus im Walde, hö-höööh! Und Sie, meine Herrschaften, wie Sie da sitzen, sind zur Eröffnung eingeladen – auf Räuberschmaus, Schwammerltunke mit Knoblauch und Sliwowitz ... Falls die Polizei nichts dagegen hat."

Herr Dimpfelmoser strich sich den Schnurrbart und hob die Punschtasse.

„Wenn Sie *mich* fragen, kann ich darauf nur antworten: Prosit, Herr Räuberwirt!"

„Prosit!", rief Kasperl – und „Prosit!", rief Seppel.

Dann aßen sie von den Käse-und-Rollmops-Kürbissen, bis sie Bauchweh bekamen und waren so glücklich, dass sie mit keinem Menschen getauscht hätten: nicht einmal mit sich selber.

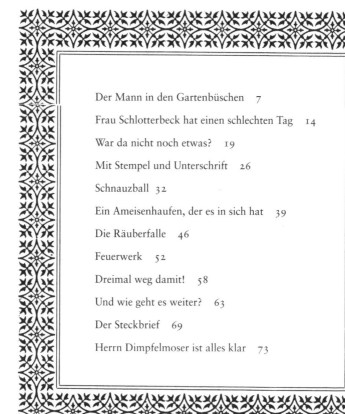